Le fruit du dragon

Claire Ubac

Le fruit du dragon

Médium
l'école des loisirs
11, rue de Sèvres, Paris 6e

ISBN : 978-2-211-06942-7

Loi n° 49.956 du 16 juillet 1949 sur les publications
destinées à la jeunesse : mars 2003
Dépôt légal : avril 2007
Imprimé en France par la Société Nouvelle Firmin-Didot
au Mesnil-sur-l'Estrée (84495)

À toi qui goûtes à mes côtés le torrent glacé
de l'Archiane ou de Glencoe, la source bouillante
de l'Idaho, le froid Pacifique Nord aussi bien
que la mer tiède de Chine !

Chapitre 1

Qu'est-ce que je fous là qu'est-ce que je fous là qu'est-ce que je fous là ? Depuis de longues minutes je fixe le mur rose douteux de la chambre d'hôtel. Si on peut appeler ça un hôtel. Quand les trois kidnappeurs reviendront, ils me secoueront telle une poupée de chiffon mais je continuerai à fixer le mur d'un air idiot. Par erreur j'ai dû atterrir dans la peau d'une autre. Moi, la vraie Margaux, je vais bientôt me réveiller et vivre mon mois de juillet chez Mamouchka en compagnie de mes cousins, à élargir le champ de nos expériences – plus audacieuses chaque année.

Dehors la musique s'approche et j'ai de plus en plus de mal à rester hébétée. Je suis faite ainsi, les bruits inconnus me torturent. Il faut que je sache. C'est une musique horripilante de toupie lumineuse ou autre gadget débile qu'on nous vend à Paris dans le métro. Je me lève d'un bond et m'approche de la fenêtre. Une espèce d'armoire blanche tirée par un vélo stationne le long du trottoir. Elle est décorée d'inscriptions thaïlandaises, c'est-à-dire des vermicelles en forme de U dans diverses positions. Comme ça, tu n'as aucune chance de comprendre quoi que ce soit.

Une Thaïlandaise s'approche du vélo musical, un gamin sur le bras; malgré moi je tends le cou pour voir ce que la marchande va sortir de l'armoire. Un esquimau entouré de papier mauve et blanc. Sacré petit veinard! J'en ai l'eau à la bouche et mon ventre en profite pour gargouiller. Si j'étais sortie avec eux, à l'heure qu'il est je serais peut-être moi aussi en train de manger quelque chose de bon, de frais surtout, par ces trente degrés aussi moites qu'un cuit-vapeur en pleine ébullition.

Mais je n'ai pas pu. Quand j'ai entendu les trois légers coups frappés à la porte j'ai serré les paupières, par instinct. Le lit à côté du mien a grincé tandis que Jesse se levait. La mère, Aline, a chuchoté pour ne pas me réveiller. Elle a demandé à Jesse si elle avait faim, si elle voulait sortir avec elle et Ralf, le père et mari. J'ai senti quelqu'un s'approcher de moi, et la voix d'Aline a murmuré:

– On va faire un tour, Margaux, tu viens avec nous?

J'ai grogné et je me suis tournée de l'autre côté. Elle n'a pas insisté.

La porte s'est refermée. J'ai entendu des pas s'éloigner dans le couloir, leurs trois voix décroître dans l'escalier, puis le silence. Alors seulement je me suis redressée. Je suis allée dans le cabinet de toilette douteux et j'ai fait pipi, les fesses à distance de la lunette, retenant ma respiration pour ne pas sentir l'odeur qui s'en dégageait. Une puanteur semblable m'a fait chercher partout dans ma chambre un matin du mois d'août dernier chez Sybille. Pendant deux jours, le nez froncé, j'ai reniflé la couverture, les rideaux et même mon oreiller, jusqu'à ce que je trouve, sous le lit, un chausson oublié par son petit frère, qui est encore à l'âge où on se pisse sur les pieds.

Si elle me voyait, Sybille, ma meilleure amie ! Les larmes me sont montées aux yeux. Je suis retournée sur le lit, je me suis adossée au mur, les jambes en tailleur, et une fois de plus j'ai posé les yeux sur la carte géographique imprimée sur les draps.

Chapitre 2

– Oh regarde maman, c'est super, la carte de l'Asie! s'est écriée Jesse dès qu'elle est entrée dans la chambre.

La chambre que nous partageons, alors qu'on ne se connaît même pas.

Tout est super avec elle. Elle adore ses parents, elle adore les voyages, elle adore partir avec ses parents en voyage. C'est super. Elle les remercie tout le temps. L'unique chose qui ne la satisfait pas, c'est d'avoir laissé son chien Boubou à Bagnolet dans sa banlieue. Et mon Boubouniou comme il me manque, et tu crois pas qu'il va se laisser mourir de faim, et heureusement qu'il n'est pas là il ne supporterait pas cette chaleur. La première chose qu'elle m'ait demandée, c'est quel animal j'avais. Elle a ouvert des soucoupes quand je lui ai répondu: «Aucun.» Il paraît qu'elle est en seconde comme moi, malgré ses deux ans de moins. En seconde à treize ans! En tout cas, pour l'âge mental, dix ans. Et encore, à dix ans je n'ai jamais été gnangnan comme ça. Elle a exactement la même coupe de cheveux que sa mère, très courte, style j'aime-ce-qui-est-pratique. Quand elles sont toutes les deux à côté, on dirait Mario et sa marionnette, ou *Papa, j'ai rétréci Maman.* L'effet est des plus bizarres.

Comment mon père a-t-il pu espérer une seconde que je m'entendrais bien avec Jesse sous prétexte que Ralf et lui font du jazz ensemble ? Enfin, soyons honnête : quand il m'a annoncé qu'on allait faire un vrai voyage cet été, un voyage super loin tous les deux, un voyage en Asie, je me fichais pas mal que ce soit avec Ralf, Aline et Jesse plutôt qu'avec Tintin, Milou ou la Castafiore. Je partais avec mon père, point. Il m'emmenait avec lui pour la première fois, on découvrirait ensemble des endroits incroyables, on se promènerait au petit matin, la nuit et à midi. Il m'expliquerait l'histoire du pays et inventerait de toutes pièces des explications à ce qu'on verrait, on rirait tous les deux, on mangerait des plats bizarres, on cracherait le feu parce qu'il y aurait du piment dedans, il m'achèterait des choses que j'allais adorer même si je ne savais pas encore qu'elles existaient.

– C'est une aubaine pour nous de partir avec Ralf. Il a des contacts au Vietnam, m'expliqua mon père.

Il m'a regardée, les yeux brillants, et a murmuré, le doigt devant la bouche :

– D'ailleurs, nous aussi, on en a peut-être un... Qui sait ?

Mais j'ai eu beau le torturer d'horribles chatouilles, il n'a pas voulu m'expliquer ce que signifiait cette phrase.

Au lieu de dormir cette nuit-là, j'ai fait dans ma tête la liste de ce que je mettrais dans mon sac à dos pour partir, pourtant j'avais deux mois pour y penser. Si j'avais su ! Évidemment, j'aurais eu du mal à m'imaginer quelques mois plus tard seule dans une chambre d'hôtel inconnue de Bangkok, Thaïlande, assise sur une carte-drap-de-lit avec les noms imprimés en anglais. Je suis une pauvre kidnappée, ai-je pensé. Les adultes adorent faire d'une pierre deux coups· mes parents se sont débarrassés de moi pour les vacances tandis que Ralf et Aline gagnaient une fille de location : une demoiselle de compagnie pour cette niaise de Jesse !

Une goutte est tombée en plein dans la « Luzon sea », puis une autre. J'ai essayé de faire pleuvoir ma petite eau salée sur « Borneo island » sans succès ; je ne suis pas douée pour le tir à larmes de précision. Quand j'en ai eu marre d'avoir la cuisse chatouillée et le nez qui coule, j'ai attrapé ma pochette de Kleenex dans mon sac à dos et je me suis efforcée à l'immobilité. Sans la musique j'aurais réussi à devenir poupée. Chiffon ou chair, de toute façon ils vont regretter de m'avoir emmenée. Foi de Margaux.

Le vélo repart avec sa ritournelle. Debout devant le tableau encadré par la fenêtre, j'absorbe avec indifférence ces toits au loin, cette ambiance d'étuve grisâtre d'où émergent des plantes très vertes, ce bout de rue tranquille où passent des Thaïlandais en sorte de pyjamas à fleurs et les touristes « je-suis-le-pote-à-Bob-Marley » qui sont le style frelaté de l'hôtel. Et aussi l'air chargé d'humidité qui s'est abattu sur moi comme une grosse claque mouillée dès la sortie de l'avion.

En réalité, je ne suis jamais descendue de l'appareil. Je ne suis pas là. Il faudra bien qu'ils le comprennent, Ralf, Aline et Jesse les kidnappeurs. Les receleurs de poupée vivante.

Chapitre 3

Quand Mamouchka m'a annoncé que mon père n'était pas en état de partir, cela ne m'a pas étonnée. Des petits signes avaient été semés sur ma route, « Coucou, tu nous as vus ? On est là pour t'avertir, ainsi la chute sera moins rude. »

L'un d'eux était le dernier week-end passé avec mon père. Nous avions rendez-vous à la fontaine Saint-Michel. Je l'ai repéré la première et j'ai été frappée par son air ennuyé. Ce masque s'est déchiré dans un sourire dès qu'il m'a vue, mais mon père répondait par monosyllabes, ou à côté, à mes questions. Nous avons marché jusqu'au musée d'Orsay pour visiter l'expo sur le danseur Nijinski. On y passait un film réalisé par mon père, projeté dans une minisalle. Il m'y a entraînée, commentant au passage les photos de l'exposition. Il s'attardait sur l'une d'elles, commençait à me raconter une anecdote palpitante sur le danseur russe devenu fou… Puis il s'interrompait, le regard dans le vague, et ne retrouvait plus le fil. Plus tard, pendant que nous regardions son film, il se retournait au moindre chuchotement dans notre dos. Gamin dissipé ou réalisateur susceptible ?

En sortant du musée, je lui ai demandé qu'on fasse un tour sur la grande roue qui se dressait place de la

Concorde. J'avais envie de le coincer dans une nacelle avec moi, à quelques dizaines de mètres au-dessus du sol, afin de l'obliger à être enfin là. Mon père a dit qu'il n'avait plus de goût pour ce genre de chose, puis il a hésité et concédé que bon, si ça me faisait tant plaisir, il allait faire un effort. Par chance on est arrivés au bon moment, avant que la queue ne s'allonge rapidement derrière nous.

On a grimpé dans la nacelle numéro 49. Mon père s'est étonné qu'elle soit fermée de vitres :

– Je préfère la grande roue des Tuileries, au moins c'est en plein air !

L'appariteur à moustache a ignoré la réflexion, fermant nos portes d'un geste routinier. Il avait à peine tourné les talons que mon père s'est agité, a râlé entre ses dents et s'est levé sans crier gare pour taper furieusement au carreau. Le moustachu a réactionné la manette à pied :

– Faudrait savoir ce que vous voulez, a-t-il grommelé avant de se retourner tout sourire vers les clients suivants.

Mon père s'est éjecté comme un diable d'une boîte, moi sur ses talons.

On est partis sans se faire rembourser, courbant le dos et évitant de croiser les regards compatissants ou curieux des gens dans la file dehors. Le visage de mon père était gris. Je n'ai pas osé lui poser de question, j'avais la gorge serrée et mal au cœur. Je l'ai suivi jusqu'au jardin des Tuileries et nous sommes restés là, sur un banc, sans parler, sans nous regarder. Les petits mômes habituels criaient et couraient autour du bassin, leur canne à la main. Je me suis concentrée sur un bateau à coque bleue et rouge, qui cinglait crânement à la rencontre du jet d'eau central. Ce que j'espérais est arrivé : le flot retombant en cascade a capturé le jouet et l'a couché sur le flanc. La voile trempée s'est débattue dans les bulles... Bien fait pour ta gueule. Mais deux secondes plus tard le petit bateau s'est relevé contre toute logique et sa route naïve de canard insubmersible m'a arraché un sourire. Je me suis tournée vers mon père et lui ai offert la formule de Mamouchka :

– La terre s'est pas arrêtée de tourner, Papa ! La dernière fois que je suis montée sur une balançoire, moi aussi je suis redescendue vite fait avant de dég... enfin, de vomir. Il y a des choses qu'on ne supporte plus en grandissant. Si j'avais su, j'aurais pas insisté pour y aller...

Il m'a remerciée d'un pâle sourire et m'a emmenée chez *Angelina*, le salon de thé des vieilles mistinguettes, pour se faire pardonner. L'histoire s'est terminée par une tasse de thé pour lui, et pour moi un somptueux gâteau et du chocolat chaud servi en pot de porcelaine chic et classe. Au moins avec mon père, pas de commentaires sur la diététique, c'est reposant. Malheureusement, pas de commentaires sur autre chose non plus, ce qui fait que je me suis concentrée sur mon assiette et ma petite cuillère. J'aurais aimé lui parler... de quoi ? Je commençais une phrase en pensée et j'avais l'impression que rien de ce que je raconterais ne pourrait l'accrocher. En me quittant il m'a dit qu'il avait été vraiment content de me voir. J'ai passé la soirée avec un cafard noir.

Deuxième indice: environ une semaine plus tard, en rentrant du lycée, j'entends ma mère dire au téléphone «Son père? Dans l'état où il est?» et baisser le ton quand j'arrive dans la pièce.

Et puis, les échanges d'e-mails avec mon père: d'habitude il me répond dans les deux jours. Ces derniers mois, une semaine pouvait passer avant qu'il me réponde. Enfin: réponde, façon de parler. Il ne tenait pas compte de mes questions sur ce qu'il faisait, s'il allait bien, etc. Je n'avais droit qu'à une citation d'un dialogue de film ou à une sorte de poème bizarre qu'il semblait avoir composé tout en remontant les files de voitures avec son scooter. Une variation sur «la vie est un tissu de coups de poignard qui se boit goutte à goutte». À moi d'extraire le métal précieux dans ce minerai brut en lisant entre les lignes.

Dernière pièce du puzzle, mon père n'a pas repris de champagne à son anniversaire chez sa sœur, alors qu'il en est grand amateur. C'était le 26 juin, quinze jours avant le départ pour l'Asie. Marie allait insister, mais elle s'est reprise tout de suite: «Ah oui, je comprends.» Qu'est-ce qu'elle pouvait comprendre si vite, sans aucune explication?

Simplement qu'avec les antidépresseurs l'alcool est contre-indiqué.

Chapitre 4

– Tu sais ce que c'est qu'une dépression ? me demanda ma grand-mère.

Elle était spécialement montée à Paris pour me tenir compagnie. Mon père s'était désisté pour la semaine que je devais passer chez lui ; ma mère était en déplacement en province.

– Je suis pas débile, Mamouchka !

– Je ne vois pas le rapport… C'est quoi, ta définition ?

Je la foudroyai du regard :

– Peu de pression atmosphérique, d'où mauvais temps.

Elle me regarda, interloquée, mais ne put s'empêcher de rire. Avec Mamouchka, c'est trop facile de marquer des points. Je continuai :

– État psychique idem, temps pourri dans ta tête, t'es déprimé, tu vois tout en noir et tu ressens un certain dégoût de la vie. Papa est dégoûté de la vie ?

Mamouchka répondit d'une voix apaisante :

– Je ne vois pas pourquoi ton père se confierait à son ex-belle-mère, même si nos rapports sont amicaux. Tu en sais sûrement plus long que moi là-dessus.

Je réfléchissais, j'examinais mentalement le puzzle.

Ma mère avait quitté mon père quand j'étais en quatrième, deux ans et demi auparavant. Il était d'accord avec elle que c'était pourri entre eux, qu'il ne restait plus que cette solution. Pourtant sa conduite exprimait le contraire. Chaque fois qu'il me ramenait à la fin d'un week-end, il s'attardait à la maison. On sentait qu'il n'aurait demandé qu'une chose, c'est que ma mère le retienne à dîner, et qui sait, à dormir, à petit-déjeuner le lendemain et ainsi de suite dans l'espoir que tout redevienne comme avant. Ma mère congelait l'atmosphère en deux répliques glaciales et moi je m'enfuyais dans ma chambre pour ne pas voir le regard quémandeur de mon père.

Logiquement, c'est à ce moment-là qu'il aurait dû l'avoir, la dépression. Je me demandais souvent ce qu'il faisait sans nous, en dehors de son travail de journaliste de cinéma doublé d'un réalisateur en galère. Des courses mornes avant de dîner tout seul, le regard dans le vague ? Rien que d'y penser me remplissait les yeux de larmes. Sybille s'efforçait de me convaincre que je n'y pouvais rien. Mais elle, ses parents sont ensemble depuis vingt ans, elle ne peut pas comprendre !

Chaque weed-end passé chez mon père, je guettais dans son appartement les traces de son désespoir. Mais rien. Les pulls étaient rangés dans les placards, la dernière lessive séchait au-dessus de la baignoire et il n'y avait pas de cadavres de bouteilles d'alcool sous le lit. Il m'envoyait gentiment promener par une pirouette pleine d'humour quand je m'enhardissais à lui demander si sa nouvelle vie n'était pas trop dure. Il m'emmenait au cinéma, voir une expo ou le dernier spectacle d'un de ses amis comédiens et comédiennes. Quand il était « charrette » sur un article, il me sortait un film de son impressionnante vidéothèque, tu vas voir, celui-là, tu vas adorer, et il se trompait seulement une fois sur deux. Comme avant.

Justement. Il avait tellement voulu tenir le coup, ne pas se laisser aller, qu'il avait fini par craquer au moment où personne ne s'y attendait plus.

– Ne te brouille pas la cervelle, supplia Mamouchka en m'entourant les épaules.

Elle m'observait, hésitant sur la bonne phrase à dire :

– Une dépression, on s'en remet. Et puis ton père n'est pas tout seul, il a toi, il a des amis, tout de même !

Je sentis un coup de chaud m'envahir les joues, me brûler les paupières. Mamouchka me fit asseoir sur le canapé, demanda :

– Qu'est-ce qu'il y a ?

Sous la tendresse de son intonation je redevenais la Margaux de huit ans, celle qui avouait qu'elle avait tordu l'aiguille du vieux tourne-disque auquel il ne fallait pas toucher. Je savais qu'elle m'écouterait en prenant le temps de comprendre, sans commenter au quart de tour à la façon de ma mère. J'avouai :

– Il ne peut pas me faire ça maintenant, au moment où il doit partir cet été avec moi. Je suis horrible de penser ça, hein ?

– Mais non, murmura Mamouchka. C'est normal, tu as le droit de vouloir qu'il s'occupe de toi. Mais tu n'es plus une gosse, Margaux. Tu as ta vie à toi, tes centres d'intérêt à toi. Laisse tes parents résoudre leurs problèmes.

Elle ajouta du ton le plus convaincu possible :

– Tu verras, ce voyage sans ton père te fera découvrir des joies que tu n'imagines pas.

Je bondis, toute tristesse oubliée :

– Quoi ! ? Il est hors de question que je parte sans lui ! Je préfère mille fois rester chez toi cet été.

Les yeux de Mamouchka s'arrondirent tandis qu'elle prononçait ma sentence de mort :

– Mais chérie, tu as oublié ? Mon amie Alise m'invite chez sa sœur au Danemark en juillet. Je ne peux pas t'accueillir à Puynérac !

Chapitre 5

Je prends racine devant la fenêtre quand j'entends la voix pointue de Jesse dans le couloir. Quelque chose se rétracte en moi. Je saute sur mon cahier intime dans mon sac, m'assois sur l'unique chaise et me mets à rédiger sur mon genou le scénario du film de ma vie. Depuis que je suis petite, aux heures difficiles je soulage mes peines en les faisant vivre à Lia, mon prénom préféré :

« *Plan 1* : Lia supplie sa grand-mère de la laisser passer l'été seule chez elle. Celle-ci hoche la tête, l'air désolé. *Plan 2* : Dans un café son père confie sa peine à son ami. Ce dernier lui conseille de ne pas s'inquiéter. Il sera ravi d'emmener Lia en Asie : elle fera une copine à sa fille. Fondu enchaîné sur Lia tapant du pied dans sa chambre : "Une copine à sa fille, tu imagines ?" Contrechamp sur sa meilleure amie, en face d'elle : "C'est rageant, tu aurais pu venir avec moi au camp musical, mais les dates d'inscription sont dépassées !" *Plan 3* : Lia au salon avec sa mère. La mère, l'air embarrassé, propose à sa fille de venir avec elle chez son nouveau jules dans un chalet du Briançonnais. Gros plan sur le visage de Lia. Noir. Flash-back sur une succession d'images : Lia en train de suer et de trébucher derrière sa mère sur les chemins caillouteux,

Lia l'œil grand ouvert dans un refuge à quelques centimètres de répugnants corps ronflants, Lia évitant de regarder le jules qui enlace sa mère… »

Trois coups discrets sont frappés à la porte de la chambre d'hôtel.

Aline, Jesse et Ralf entrent, s'assoient sur les lits et défont des paquets dans un bruissement de papier. Ils parlent à mi-voix, style on-respecte-l'intimité-de-l'Enfant-Blessée-du-Divorce-au-Père-Dépressif.

Exprès je continue à gratter quelques lignes : « *Plan suivant* : les kidnappeurs poussent devant eux Lia la captive aux vêtements déchirés, les mains attachées dans le dos. Ses cheveux dénoués lui tombent sur la figure… »

Je suis vaincue par une odeur délicieuse.

– Tu dois mourir de faim, fait remarquer Aline avec bonne humeur. Regarde ce que nous t'avons rapporté.

– Dans la rue, tous les cinq mètres, ils vendent des petits plats qui font juste une bouchée, c'est super, on était tout le temps en train de goûter, hein ? dit Jesse enthousiaste.

Je lui lance un regard en pensant très fort : « Sais-tu quoi, Superniaise ? C'est de toi que je ne ferais volontiers qu'une bouchée. »

Elle détourne le sien comme brûlée. Dangereux, Lia la captive, de montrer ses sentiments à l'ennemi. J'essaye de m'intéresser :

– Qu'est-ce qu'il y a dedans ?

La voix chaude de Ralf répond :

– Les ingrédients ne sont pas toujours identifiables, mais le goût n'en est pas moins succulent.

Je l'aime bien, Ralf. Il ne s'énerve jamais. Il a le physique de Gaston Lagaffe, nonchalance comprise. Il sort souvent une phrase pince-sans-rire au moment idoine. Sa présence est apaisante. Le problème c'est qu'il n'a pas toujours l'air d'être là. Surtout, ce qui est agaçant c'est qu'il ne peut rien refuser à ses deux femmes. Jesse en fait ce qu'elle veut, c'est écœurant; il l'appelle « ma muse, ma princesse » ! Mon père a toujours trouvé ce genre de petits noms grotesques : il interdisait à ma mère de l'appeler « Minou » ou « Chou » et hurle si quelqu'un m'appelle « Margoton ».

Je mange sans me faire prier les brochettes enfilées sur de frêles bâtonnets de bois et trempées dans une sauce au fond d'un sachet plastique, les minibeignets de formes diverses fourrés à la viande ou à la crevette, et l'ananas coupé en morceaux. C'est délicieux, mais la quantité est bonne pour les poupées.

Un bruit nous fait tourner la tête vers la fenêtre. Une pluie torrentielle est en train de s'abattre sur Bangkok.

– Notre première pluie de mousson ! Fais un vœu, Jesse, lance Aline.

Mes ongles s'enfoncent dans mes paumes. Ben et moi alors ? Si seulement mon père était là. Sans lui, ce pays est pourri. Moi aussi je fais un vœu. Je ferme les yeux en souhaitant très fort attraper la fièvre jaune. Ou de toute autre couleur, pourvu que je sois rapatriée d'urgence en France par Mondial Assistance.

– Ralf et moi allons nous allonger un peu, regarder le guide, et on ressortira se promener tout à l'heure avant de dîner tôt. Repose-toi, Jesse, tu veux?

Jesse et encore Jesse. J'attends que Supernunuche s'écrie: «Super», mais à la place elle s'exclame, louchant sur mon poignet:

– Regardez, Margaux a encore sa montre à l'heure de Paris!

Par réflexe je jette un coup d'œil: le cadran indique cinq heures. Pour moi il pourrait aussi bien être une heure du matin. Je n'ai pas dormi au cours des dix heures passées dans l'avion, trop occupée à goûter l'ambiance étrange à l'intérieur de ce gros œuf à demi éclairé. Les gens endormis dans toutes les positions, les têtes de martiens des autres, casque aux oreilles, les yeux écarquillés sur le film qu'on passait à l'écran, le steward qui se reposait à côté des portes pendant que l'hôtesse de garde circulait avec le jus de fruits réclamé par l'un ou l'autre. Pour ma part je me suis promenée, j'ai essayé le savon, la crème et le parfum offerts dans les toilettes, j'ai regardé par les hublots et j'ai prétexté avoir soif pour lorgner un bon moment les hôtesses en action dans le minuscule office. Telles des Barbie grandeur nature, elles ouvraient leurs placards à cran de sûreté, en sortaient les petites tasses et les petits gâteaux sous cellophane, bref elles jouaient à la dînette avec autant de sérieux que les poupées de mes huit ans.

– Sais-tu quelle heure il est ici? me demande Ralf en souriant. On a reculé dans le temps. Il n'est que dix heures du matin.

Aline ajoute :

– Pour nous mettre dans le bain, nous allons finir la journée comme les gens d'ici. Nous nous coucherons vers deux heures du matin, heure de Paris, mais au moins demain on sera dans le rythme !

Et c'est ainsi qu'une heure plus tard nous partons à la découverte d'un temple thaï envahi par une flopée de visiteurs. Pendant que Ralf paye au guichet, je fais remarquer :

– C'est marrant d'aller si loin pour se retrouver en compagnie des mêmes touristes qui se baladent à Paris !

Mon humour ne trouve aucune résonance chez ma famille de location.

Chapitre 6

Lia la captive se promène derrière ses geôliers avec en toile de fond les étincelantes mosaïques des magnifiques bâtiments bouddhistes aux toits griffus. Elle ne leur accorde pas un regard, ce qui ferait trop plaisir aux kidnappeurs. Pour s'occuper, elle joue au jeu des différences entre les visiteurs du Wat Pho et ceux du Louvre :

Number one, il y a plus d'Asiatiques (ah, ah, ah !).

Number two, parmi eux, les Japonais se reconnaissent au premier coup d'œil. Chez nous, ils se promènent de préférence en groupes, âge mûr, costume-cravate, ici ils voyagent par paires, vingt-cinq ans, fringués skate : pantalon immense et sweat tagué. Même de dos on les reconnaît à leurs cheveux teints en vert ou en blond fluo. À cela et à leur démarche « Mon-centre-de-gravité-est-au-bassin », héritée des sports de combat.

Number three, les Occidentaux sont en majorité américains La tendance est au « Je-suis-si-proche-des-indigènes-avec-mes-vêtements-déteints-mes-sandales-en-cuir-naturel-tressé-mes-dreadlocks-en-laine-de-mouton-non-peignée ». Le problème, c'est que les indigènes, eux, sont coiffés correctement, portent des ensembles en synthétique imprimé ou des uniformes de collège impeccables, des tongs en plastique, et que leur musique préférée c'est le langoureux sentimental.

Un autre problème, c'est que j'ai fini de repérer ces différences en quelques minutes. Il faut dire que j'ai de la pratique. À la bibliothèque, j'ai plus souvent les yeux sur mes voisins que dans mon livre. À la piscine, je repère les amoureux qui s'embrassent sous l'eau, et dans les attractions de rue, je mate les gens en train de regarder le bonimenteur. C'est mon côté Amélie Poulain.

Aussi j'ai beau freiner des quatre fers et secouer la tête devant l'odorant bouquet, le parfum thaïlandais s'infiltre. Je suis contaminée par l'ambiance zen qui règne dans un petit sanctuaire, non loin de l'entrée : quelques pratiquants s'inclinent, les mains jointes à hauteur du visage devant plusieurs statues de Bouddha. Celles-ci sont recouvertes de feuilles de papier d'or semblable à du papier de cigarette, sans cesse ajoutées les unes par-dessus les autres. Ne pas céder. Bouche-toi la curiosité, Lia la captive. Ces gens font des gestes de pacotille dans une carte postale pour touristes. Seule la présence de ton père pourrait leur rendre leur beauté.

À juste ce qu'il faut de distance derrière sa fausse famille, dans l'attitude dite « Vercingétorix capturé », Lia la captive parcourt plusieurs kilomètres, de cour en cour et de pavillon en pavillon. L'endroit est assez immense pour que nous soyons tranquilles, sauf aux endroits où il y a quelque chose de fameux. Par exemple le bouddha en métal doré, allongé la tête dans la main. Son corps tient dans une chapelle de cinquante mètres de long sur quinze mètres de large. Ses pieds, joints l'un sur l'autre, sont plus hauts qu'un wagon de métro. À propos de pieds, pour entrer dans chaque pavillon bouddhiste on doit laisser ses chaussures à la porte, ce qui fait que le bouddha d'or couché se contemple dans un silence recueilli et une odeur de panards à tomber raide.

Je ne résiste pas à une petite méchanceté à l'égard de Jesse :

– C'est super, hein ? je lui fais, le pouce et l'index sous chaque narine.

– Oh oui ! me répond-elle enthousiaste.

Cette gourde n'a pas compris que je me moque d'elle. Écœurée, je contourne le bouddha. Dans son dos d'or les gens se font plus rares et le parfum des bâtonnets d'encens prédomine. Je n'ai pas le temps de m'interroger sur la signification des bandelettes rouges qui pendent au bout d'un bâton que je vois déjà arriver Superniaise, autrement appelée Superglu.

Depuis le début de la visite elle vient systématiquement mettre le nez sur ce que je regarde. Au cas où j'oublierais que je suis sa copine de location ? Je commence à en avoir ras la casquette. Je parie qu'elle me suivrait même là où Vercingétorix va tout seul. Chiche. Je rejoins Aline et lui demande à voix basse, exprès pour intriguer Pot de Colle, si je peux m'esquiver pour aller aux toilettes.

– Tu veux qu'on aille avec toi ? me demande Aline.

– Non, non, pas la peine, j'ai repéré où c'était tout à l'heure.

Cela ne rate pas, elle demande à sa fille si elle ne veut pas profiter de l'occasion, et cela ne rate pas, Jesse saute dessus.

– Jesse, je vous attends dehors, à l'ombre, dit Aline.

Cette manie qu'elle a de s'adresser à sa fille comme si je n'existais pas. Si je n'avais pas toute ma raison, je croirais que je suis déjà morte et fantôme comme Bruce Willis dans *Le Sixième Sens*.

Jesse n'en revient pas que je sache si bien trouver le chemin. Je ne lui raconte pas qu'avec mon père je joue depuis mes trois ans à « C'est moi qui te conduis ». La langue m'en démange, mais pas de confidences à Supernigaude, non.

On entre ensemble dans le pavillon réservé à cet effet. Par chance, deux portes sont ouvertes comme si elles nous attendaient. Je fais aussi vite qu'au lycée entre deux cours et sors en refermant doucement ma porte. Celle de Jesse n'a pas bougé. Je m'éloigne rapidement du pavillon vers l'ombre d'un cheval en pierre et j'attends dix minutes assise par terre.

C'est très long, dix minutes. Je suis moite des pieds à la tête, mes cheveux se collent sur mes tempes. Il doit faire dans les trente degrés et ma petite course n'a rien arrangé. Quand la marge est enfin écoulée, je jette un coup d'œil en direction du pavillon des toilettes. Personne en vue. Jesse est sûrement assez sotte pour m'attendre encore devant la porte. Je repars sans me presser. Chambre du bouddha couché en vue. Je répète la mimique étonnée que je ferai dans quelques secondes.

Chapitre 7

Aline est assise sans Ralf, plongée dans son guide. Je me plante devant elle et demande avec une touche d'inquiétude :

– Jesse n'est pas avec toi ?

Ouh là. Je n'avais pas prévu cet air catastrophé, ni la voix blanche avec laquelle Aline me demande ce qui s'est passé. Tout juste si elle ne me secoue pas les épaules pour que je parle plus vite. Je lâche :

– Ben rien ! Elle n'était pas là quand je suis sortie, j'ai pensé qu'elle ne m'avait pas attendue, qu'elle était déjà repartie…

– Tu veux dire qu'elle est toute seule là-bas ?

À entendre le ton qu'elle prend, on jurerait que les sanitaires communiquent directement avec des réseaux d'enlèvements de jeunes godiches. Je réponds le plus nonchalamment possible :

– Ben non, mais si elle m'a pas trouvée en sortant, elle doit être en train de revenir.

Aline a un mouvement qui me fait reculer d'instinct hors de sa portée. Elle me foudroie du regard :

– Mais enfin, elle est plus jeune que toi ! Tu aurais pu vérifier qu'elle était déjà sortie, quand même !

Jesse n'a que deux ans de moins que moi, mais je

m'abstiens de le rappeler. J'ai beau trouver l'inquiétude d'Aline ridicule, malgré moi me vient la vision de Superniaise en train d'errer d'un pavillon à l'autre, les yeux mouillés. J'esquisse un mouvement en avant :

– Je retourne la chercher, alors…

Aline tape du pied :

– Tu ne vas nulle part ! Tu restes ici et tu n'en bouges pas jusqu'à ce que je revienne, c'est compris ?

Elle s'en va en courant comme une folle. Au bout de trois foulées elle se retourne et me crie dix fois trop fort :

– Ralf va revenir, explique-lui la situation !

Complètement loufdingue. Je sors mon cahier de mon sac, et j'écris pour me calmer :

« *Plan 1* : Depuis l'office des domestiques, la cruelle Horribla, gouvernante de la famille royale, donne des ordres sulfureux par téléphone à un complice. *Plan 2* : Dans sa chambre d'hôtel, Lia, alias agent 005, se prépare à sortir. *Plan 3* : Gros plan sur l'explosion de l'hôtel qu'elle vient de quitter. *Plan 4* : Dans un square, Lia agent 005 demande du feu à l'agent de liaison des services secrets. Ce dernier est travesti en bonne d'enfants à landau. Elle raconte à voix basse ce qu'elle a découvert : Superbêtasse, la princesse sortante, n'est pas en état de régner. La faute en incombe à Horribla et au Premier ministre, son complice. Ils se sont inspirés de *L'Homme qui rit* de Victor Hugo. Ils n'ont pas fait grandir le corps de la princesse dans un tonneau pour le rendre difforme, mais ils ont fait pire et plus simple : suggérer à son cerveau qu'elle était un bébé de cinq ans. Gros plan sur le visage maquillé de l'agent de liaison (on voit sa barbe sous le fond de teint) :

– Peut-on encore la sauver ?

Contrechamp sur le visage de Lia alias agent 005 :

– Hélas, les chances sont maigres. La cérémonie d'intronisation a lieu dans sept jours. Comment en une semaine faire progresser une mentalité de cinq ans dans le corps d'une dadaise de treize ? »

En relevant la tête j'aperçois Ralf. Je referme doucement mon cahier. Il s'assoit à côté de moi, me sourit.

– Tu es toute seule, elles t'ont abandonnée ?

Le rouge me monte au visage. Je bredouille qu'il y a eu un malentendu, que j'ai perdu Jesse aux toilettes et qu'Aline est partie la chercher...

Ralf est déjà debout.

– Viens, on va les retrouver.

Lui aussi est flippé pour sa princesse, *of course.*

Sa main se pose sur mon bras :

– Ne fais pas cette tête-là, je te parie qu'on les reverra avant que j'aie fini de compter trente secondes.

Pour un peu, il va ajouter, comme Mamouchka, que la Terre ne s'est pas arrêtée de tourner. Il me lance un regard en coin et se met à compter à voix haute tandis que nous marchons. Je me surprends à guetter les deux silhouettes que pourtant je ne suis pas très pressée de revoir. Avec dix secondes de retard, Aline et Jesse surgissent au détour de seigneurs moustachus en robe de pierre sculptée.

– Ralf! fait Aline dans un soupir.

– J'ai emmené Margaux vous chercher, elle était morte d'inquiétude, rétorque-t-il.

Normalement Lia la captive devrait saisir l'occasion, mettre un genou en terre et prier Jesse de l'excuser. Je cherche le regard du petit monstre obstinément fixé sur le visage de son père. Je contemple mes pieds d'un air piteux. Un ange passe, les ailes froissées. Aline et Jesse ont le bon goût de ne faire aucun commentaire.

Superglu ne s'éloigne plus de sa mère pendant que nous explorons quelques cours supplémentaires remplies de toujours superbes bâtiments. Je n'ai plus aucune peine à me désintéresser de leur splendeur.

À peine nous effondrons-nous, épuisés et chauffés à blanc, sur le rebord d'une sorte de kiosque qu'une horde d'étudiants thaïlandais s'abat sur nous telle une volée de riz cru sur un couple fraîchement marié. Six filles et un garçon nous demandent si on est français, nous expliquent qu'ils étudient cette langue, nous prennent en photo, nous offrent de jolies cartes du temple, nous laissent leur adresse pour qu'on leur écrive et s'en vont en nous souriant jusqu'aux oreilles. Trop marrants. J'essaie de m'imaginer passer mon dimanche à la tour Eiffel ou à Montmartre avec mes copines, à aborder les touristes anglais dans le noble but de pratiquer la langue. J'entends d'ici la réflexion de ma mère : « En voilà au moins qui sont futés ! Au lieu de te gausser, tu ferais bien d'en prendre de la graine ! »

– Qu'est-ce qui te fait rire ? demande Jesse, pas rancunière.

– Oh rien, c'est personnel, répond Lia la captive.

Aline a un mouvement d'impatience. Elle lance à la cantonade :

– J'ai une faim de loup, pas vous ?

Chapitre 8

Nous nous retrouvons dans la rue à choisir entre plusieurs vitrines de marchands ambulants. Nous nous installons sur les quatre chaises libres du plus appétissant. Nous montrons du doigt ce que nous voulons parmi les plats exposés sur le comptoir-chariot. Il n'y a que des Thaïs qui mangent là, le style employé de bureau, chemisette blanche et pantalon sombre ou jupe droite; la réplique de ceux qui à Paris payent leur déjeuner en Ticket-Restaurant. Ils nous jettent un coup d'œil et retournent à leurs assiettes et à leurs bols.

Je demande des baguettes, de quoi frimer, car je les manie avec dextérité. Aline m'explique que la cuisine thaïe se mange avec des cuillères. Seule la cuisine chinoise est servie avec des baguettes. Captivant, mais pourquoi faut-il qu'elle prenne ce ton d'institutrice?

Nous nous retrouvons avec quatre assiettes de viande, poissons grillés, légumes en sauce parfumée, et chacun son bol de «en trois lettres: remplace le pain en Asie».

– Maman, il est mal cuit, ton riz, il faut que tu en demandes un autre! fait remarquer Jesse.

Aline répond qu'elle a voulu essayer le riz «gluant». Dès la première bouchée, elle a une moue. Elle nous fait goûter, à Ralf et moi, et je déclare que j'échange sans problème son bol avec le mien, ce qui a l'air de l'étonner. Eh oui, là aussi je suis bien différente de sa petite choute. Jesse goûte à la plupart des choses du bout des lèvres. Il n'est pas rare que après avoir mordu dans un beignet d'abord trouvé «super», elle le donne à son père qui lui sert de poubelle.

Là où je me suis marrée, c'est hier, quand elle a fait acheter à sa mère un paquet de bonbons aux couleurs translucides et prometteuses. Jesse a enfourné le premier... son sourire ravi s'est transformé en grimace déçue. Ce fut l'occasion d'apprendre qu'ici la coutume est de saler les jus de fruits.

Contrairement à ce que son nom indique, le riz gluant est élastique et ferme sous la dent. Son goût, légèrement sucré, est délicieux. Les yeux incrédules que pose Superdadaise sur les bouchées que j'enfourne avec les doigts ajoutent encore à la saveur du plat.

Un seul point noir: Lia la captive est-elle censée se régaler? Je décide de fermer les yeux sur cette exception. Après tout, si je n'ai pas droit à un ou deux petits plaisirs pendant ce voyage, je risque moi aussi de tomber en dépression. Ce n'est tout de même pas le but.

La marche forcée reprend après le déjeuner. À l'aller, nous avons attendu le bus de rue en voyant passer tous les numéros sauf le nôtre. Le numéro 4 est arrivé bondé et ensuite il est resté coincé dans des embouteillages. Je croyais que Paris était pollué, mais l'air qu'on respire en pleine circulation à Bangkok est un concentré d'oxyde de carbone à foudroyer le moins asthmatique. Lia la captive a pincé ses narines pour survivre. Les Thaïs, eux, restaient impassibles. Ceux qui étaient près de nous se sont même levés pour nous faire asseoir. Bien que les kidnappeurs aient remarqué que le même bus existait en version climatisée pour un billet un peu plus cher, ils ont préféré essayer le bus fluvial au retour, pour le plaisir de promener la fille de location un bon bout de temps dans la chaleur humide.

Le Chao Phraya, c'est le nom du fleuve, est deux fois et demie plus large que la Seine. Ses eaux sont d'un gris-brun peu appétissant, mais les nombreux bateaux qui circulent dessus ont des dessins jaunes et rouges et une proue dépassant comiquement hors de l'eau. Lia la captive s'arrange pour rester avec Ralf sur la plate-forme du bateau-bus, là où montent et descendent les gens, bien que la contrôleuse fasse énergiquement signe d'aller à l'intérieur pour réguler la foule compacte. Aline et Jesse, obéissantes, sont descendues. Elles sont obligées de rester au pied de l'escalier, debout contre les fenêtres, car les banquettes sont toutes occupées. La liberté est passée du côté de Lia la captive dont les cheveux flottent au vent tandis que son regard embrasse le paysage : l'immense étendue d'eau, les bâtiments bizarres le long des berges, les bateaux qui vont dans tous les sens, et la bande de six moines au crâne rasé, drapés de coton safran, qui sont montés au dernier arrêt. Le visage du plus jeune est fascinant : dans un ovale parfait ses traits semblent dessinés à la plume. Ses yeux forment deux amandes, son nez petit s'évase en s'aplatissant, sa bouche charnue est couleur de noisette… Je ne sais pas depuis combien de temps je le détaille quand je surprends le regard de Jesse. À mon tour de détourner le visage sous la brûlure de son intrusion. Heureusement, il y a diversion : le jeune marin de service siffle à vous étriper les oreilles pour avertir du prochain arrêt. Les gens se pressent de descendre, tandis que j'évalue les chances qu'une sotte passagère se retrouve à la flotte dans ce moment de cohue si par hasard on l'y aidait d'une discrète poussée. Hélas, elles sont quasi nulles.

Chapitre 9

Remarche pour arriver à l'hôtel. Les kidnappeurs sont infatigables. Lia la captive traîne la patte, «Rien ne me sera épargné» est gravé sur son visage aux traits tirés par l'épuisement.

Aline se tourne vers sa fille adorée avec son sourire de prof de gym :

– Courage, Jesse, c'est le moment le plus dur à passer pour surmonter le décalage horaire. En rentrant, on ira dîner, et hop, une bonne nuit par là-dessus.

Il paraît qu'elle est prof de math, mais elle a raté sa vocation. Un, deux, serrez les fessiers, trois, quatre, les abdominaux, hop et hop et hop !

– Ça va, je me sens bien, proteste Jesse.

Cette gamine est tellement habituée à ce qu'on s'occupe exclusivement de sa petite personne qu'elle n'aurait pas l'idée une seconde de se demander comment moi, je me sens. J'ai la nette impression qu'elle se serait plainte si je n'étais pas là. Elle n'ajoute tout de même pas que c'est super de marcher dans cette rue bruyante et interminable.

Je feins d'être absorbée par les vitrines des échoppes. Je ne sais pas si c'est l'heure de la sieste, mais dans beaucoup d'entre elles on voit le propriétaire piquer un roupillon, un journal sur les yeux, ou dans le cas d'une femme, un enfant en bas âge également endormi dans les bras. Le trottoir c'est le château de la Belle au bois dormant. Des grands-mères pioncent dignement enroulées dans leur natte à côté de jeunes garçons étalés de tout leur long sur leur moto, un bras pendant sur le côté. Pour eux, la vie a l'air d'être simple !

Je traîne derrière Jesse pour éviter la conversation. Je remarque un truc bizarre : à plusieurs reprises, des femmes que nous croisons désignent Supercruche du menton en souriant et en faisant des commentaires. Pas besoin de savoir le thaïlandais pour comprendre qu'elles flashent sur la petite choute. Sur moi, leurs regards glissent ! Je me torture pour trouver une explication. L'harmonie entre ses cheveux couleur paille et ses yeux brun clair ? Évidemment, moi, avec mes yeux et mes cheveux bruns, je n'ai rien de très original dans ce pays. À tous les niveaux je suis la dernière roue du carrosse.

Jusqu'ici je me suis raidie pour ne pas réclamer à boire. Lia la captive a sa dignité. Mais la dignité n'abreuve pas les gorges desséchées. Au moment où je racle la mienne pour demander grâce, Bouddha a pitié de moi :

– Papa, gémit Jesse, je meurs de soif !

Ralf répond qu'il lorgne la rue depuis un bon moment dans l'espoir de trouver une épicerie. Il ajoute avec un petit rire :

– Il suffisait d'en parler. En voilà une là-bas.

Il sort son porte-monnaie et, à ma surprise, il me le tend :

– Margaux, à toi l'honneur. Tu vas nous acheter deux grandes bouteilles d'eau ?

J'avale la maigre salive qui me reste. Je suis sur le point de bredouiller que je ne fais anglais qu'en deuxième langue au lycée – bien que le mot *water* me vienne immédiatement à l'esprit. Mon esprit d'entreprise légendaire est resté à Paris, auprès de mon père.

D'un autre côté, j'ai envie de récompenser Ralf, le seul pour qui je compte.

Je tends la main, prends l'argent et traverse la rue pour atteindre la boutique. À l'entrée, un mur de bidons en plastique de couleur s'agiterait au vent s'il y avait le moindre souffle d'air. Je n'ai même pas besoin d'essayer mon anglais. À peine l'épicier en short et claquettes voit-il Lia la déshydratée sur le seuil qu'il lui désigne son réfrigérateur à porte vitrée. Je fais oui de la tête, il ouvre et je saisis moi-même deux bouteilles d'eau. Il me montre ses dix doigts. Le temps de payer dix bahts et je suis déjà de l'autre côté du trottoir avec, entre mon flanc et mon bras, la fraîcheur de mes deux biberons à neuf degrés.

Aline m'accueille :

– Voilà une fille débrouillarde !

Je parierais mes bouteilles qu'elle se force pour m'amadouer. Croit-elle qu'on trompe Lia la captive aussi facilement ? Je grimace un demi-sourire.

Nous buvons. Abandonnée de sa famille et louée à des kidnappeurs sans scrupule, quelques goulées d'eau à vingt degrés de moins que la fournaise ambiante font comprendre à Lia la captive à quel point elle tient encore à la vie. Le bien-être est de courte durée.

Quelques mètres plus tard, quand nous atteignons l'hôtel, je pense avec appréhension au fait que je vais partager ma chambre avec Superdadaise. Il me revient en tête une observation de mon père, un jour où il m'avait emmenée en salle de rédaction, à l'hebdomadaire où il travaillait à l'époque. Une vingtaine de bureaux y étaient installés dans tous les sens, à peine séparés par quelques plantes vertes ou morceaux de bibliothèques. J'étais impressionnée par cette chaleureuse ambiance de ruche bourdonnante. Mon père rigola et me dit :

– Tu as raison, c'est hautement stimulant pour travailler. Dix-neuf paires d'yeux autour de toi te font passer l'envie de rêvasser en te fouillant les trous de nez.

À la simple idée qu'elle sera là à m'espionner quand j'ouvrirai mon sac à dos, j'ai envie de fuir à toutes jambes.

Chapitre 10

– C'est super, ici, tu ne trouves pas?

Tenez-moi ou je vais l'étrangler avec son bandana rose et blanc. La porte s'est à peine refermée sur nous qu'elle veut mettre en service sa demoiselle de compagnie. Désolée. Kidnappée ou pas, je fais la grève, moi. Je réponds par une question:

– Cela ne te dérange pas si j'utilise la salle de bains?

Jesse s'empresse de répondre que non, à toi l'honneur. Je m'y engouffre avec ma trousse de toilette et saute dans une douche froide. Les murs rose sale ont pris un air familier. De ma vie, moi qui adore l'eau, je ne me suis jamais autant émerveillée du simple fait qu'elle existe. J'ai envie de chanter le dernier tube de mon groupe préféré, mais Lia la captive me rappelle que c'est déplacé dans sa situation. Dommage. En l'absence de rideau, de grosses gouttes éclaboussent le siège des WC à côté – tout bénef pour lui – ainsi que le carrelage. Mes vêtements accrochés à la patère derrière la porte, eux, sont bien au sec. Un détail douche mon enthousiasme, j'ai oublié les propres sur mon lit. Raison de plus pour retarder le problème. Je démêle un par un mes cent quarante mille cheveux couverts de gel moussant. Une fois rincée, je reste dans le bac à douche, là où le sol est encore le plus sec, je me tamponne avec la serviette centimètre par centimètre, je me passe du lait hydratant... L'heure du dîner doit être largement arrivée. Je remets à regret ma robe coquelicot défraîchie et ouvre doucement la porte. Personne. Superbêtasse a déserté chez papa-maman. Lia la captive laisse échapper un ricanement : eh bien, si la petite choute squatte leur chambre pendant tout le voyage, pas de doute, sa cellule sera plus spacieuse.

Je change de vêtements, j'enfile la robe africaine offerte par Fatou, mon amie depuis la sixième. À mon cou brille la chaîne d'argent plate de ma mère. Je la lui ai soutirée au moment des bagages « pour t'avoir toujours sur moi, mamounette d'amour, tu ne peux pas me refuser ça ». Je tire de mon sac de voyage *Dix petits nègres* d'Agatha Christie. Sybille l'a cherché pour moi dans sa bibliothèque le dernier jour où nous nous sommes vues en me disant : « Si un jour tu as le cafard, lis-le, tu oublieras tout. »

Je ne l'ai pas encore ouvert, je le garde en réserve. Je le serre contre moi. Entourée de mes grigris, je suis prête à affronter l'avenir.

Ma geôlière revient, vêtue d'une salopette à rayures orange en place du caleçon mauve qu'elle portait cet après-midi. En plus d'avoir la même coupe de cheveux ras que sa mère, elle partage son peu d'intérêt pour la féminité. Aline le proclame en version sport, Jesse en style garçon. Pas garçon manqué, ce qui pourrait être amusant. Non, garçon sage, ceux des photos 1900 en costume marin bien repassé.

Elle a utilisé la douche de l'autre chambre. J'ai un pincement en me demandant ce qu'elle a raconté à mes parents de location. Lia la captive hausse les épaules.

Quand tous les deux nous ramassent pour sortir dîner, j'ai l'impression qu'Aline évite de me regarder. Je demande ce que nous allons faire demain, histoire de tâter l'atmosphère. Ralf me répond, énigmatique :

– Demain, on va à Tchatchoutchak !

Cela m'évoque le bruitage des coups de fouet d'Antonio Banderas dans *Le Masque de Zorro* : tchak, tchouk, tchak.

En fait, c'est le quartier des puces à Bangkok. C'est Jesse qui me renseigne. Elle prend soin de ne pas s'adresser à moi tout en me montrant que, elle, elle sait, car elle, elle était dans la chambre de ses parents tout à l'heure et pas moi. Elle demande à Ralf si Tchatchoutchak, c'est aussi grand que les puces de Clignancourt à Paris.

Ça me démange de lui rabattre son caquet, aussi ne résisté-je pas à lancer que les puces de Vanves sont beaucoup plus intéressantes pour les vrais amateurs.

Personne ne relève. Je me mords les lèvres. Aline reste muette tandis que Ralf et sa princesse entretiennent un babillage forcé jusqu'au restaurant que les trois kidnappeurs ont repéré dans leur guide. Il est plutôt mignon, avec des nappes blanches, des serveurs en veste rouge et des serveuses en robe thaïe. On s'installe, Aline traduit le menu écrit en anglais en s'adressant à Jesse exclusivement, ce qui ne veut rien dire de spécial. Pour ne pas avoir à me renseigner, je demande le même plat que Ralf. Celui-ci me regarde en haussant les sourcils :

– Tu es sûre de ton choix ? C'est pimenté, tu sais !

Lia la captive est trop fière pour reculer. Je m'entends répondre froidement que cela ne me dérange pas.

Aline ouvre la bouche mais renonce à commenter. Ralf demande au serveur que mon plat soit *medium hot* pour limiter les dégâts.

Alors *hot* qu'est-ce que cela aurait été ! Deux bouchées me suffisent pour sentir éclater une grenade sous mon palais. Les flammes dévorent l'intérieur de mon crâne, lèchent ma gorge et me sortent par les oreilles. De mes narines et de mes glandes lacrymales jaillit l'eau commandée en urgence par mes cellules nerveuses tandis que mon corps se trempe de sueur des orteils à la racine des cheveux. Une petite voix horripilante ajoute à mon supplice :

– Hihihi, c'est vraiment pimenté, Margaux est toute rouge !

Bénie soit la serviette blanche. Je m'enfouis le visage dedans.

– Surtout ne bois pas, m'enjoint la voix enrouée de Ralf. Mange du riz.

Ma cuillère en entrechoque une autre dans le plat de riz blanc. Je relève la tête et aperçois en face de moi le visage couleur écorce de litchi de Ralf, les yeux injectés de sang. Les miens doivent s'arrondir, ce qui a pour effet d'élargir la bouche de Ralf... la réaction en chaîne finit par un fou rire qui épuise nos dernières larmes.

– Eh bien, on peut dire qu'à notre époque aseptisée il y a encore des risques à voyager, hoquette l'heureux propriétaire du plat *hot*.

Au moins notre martyre a-t-il réussi à fluidifier l'atmosphère. Aline me propose de prendre de son plat et Jesse renchérit aussitôt. Lia la captive remercie poliment, mais s'applique à finir une bonne moitié du sien. Cela revient à jeter des cuillères d'essence sur les braises fumantes de l'incendie, mais je limite les flammes en les étouffant de riz (à proportion de une pour deux et demie). À la fin je parviens même à apprécier le goût délicieux du lait de coco derrière le rideau de piment.

Comme quoi, l'obstination, ça paie.

Chapitre 11

Il y a une autre chose que j'ai gagnée, c'est l'admiration de Superconfiante. Nous sommes rentrées à l'hôtel sans échanger trois mots. Nous avons pris nos affaires en évitant de nous regarder, et sommes passées chacune à notre tour dans la salle de bains pour nous laver les dents et nous déshabiller.

Mais une fois que nous sommes au lit, elle ne peut pas s'empêcher de me demander si je suis allée dans beaucoup de pays étrangers. Elle a dû tourner sept fois sa langue dans sa bouche avant de se décider; sa voix timide ferait pitié à toute autre que Lia la captive.

– Oh, beaucoup, il ne faut rien exagérer!

Ma réponse manque de précision, mais elle a l'avantage de tout laisser supposer. Je la termine volontairement dans un bâillement avant de souhaiter bonne nuit à ma voisine. Un silence, puis elle se résigne:

– Bonne nuit, souffle-t-elle à son tour.

Je souris dans le noir en pensant qu'elle me craint. Un instant, la mauvaise conscience me frôle… ce n'est pas sa faute si on la fabrique à être supercloche. Mais ce n'est pas la mienne non plus si elle est exaspérante: il fallait la voir tout à l'heure attirer l'attention sur mon visage pimenté. Je souris de nouveau en revoyant

Ralf hilare et je soupire après la présence de mon père. La fatigue roule cette salade de sentiments dans l'emballage épais du sommeil.

Le lendemain matin, nous revoilà tous sur le trottoir en train de petit-déjeuner d'ananas frais et de beignets avant de partir aux puces de Tchatchoutchak.

Pour s'accorder avec la musique du mot, Ralf – qui fait du jazz avec mon père, rappelez-vous – décide qu'on ira en tuc-tuc. Ce n'est pas difficile de trouver un tuc-tuc à Bangkok. Il suffit d'être un touriste et de marcher sur le trottoir. Alors retentit derrière vous une moto pétaradante, soudée à une petite carriole composée d'une banquette en plastique rouge et d'un toit bas, orné d'une frise de métal : c'est le tuc-tuc. Il ralentit et vrombit à côté de vous en vous demandant où vous allez. Où que ce soit, il vous propose un prix que n'oserait même pas demander un taxi parisien pour aller au fin fond d'une banlieue lointaine, tarif de nuit. Nous en avons refusé des dizaines hier. Aujourd'hui qu'il se sent un vieux touriste, Ralf marchande. Il me bluffe. Son anglais sent peut-être le camembert, mais sa nonchalance souriante est digne d'un vieux bonze. Sa contre-proposition pour aller à Tchatchoutchak fait fuir trois tuc-tuc. Le quatrième mord à l'hameçon et finit par céder en crachant de côté d'un air dégoûté. Nous montons. Si je n'avais pas l'impression de remplir mes poumons de ce qui sort de tous les tuyaux d'échappement de la ville, et si le chauffeur n'avait pas l'air de croire que nous sommes dans un jeu vidéo avec dix vies chacun, le tuc-tuc serait mon moyen de transport préféré à Bangkok.

Les quilles tremblotantes, nous sortons du tuc-tuc à Tchatchoutchak.

Des milliers de stands les uns à la suite des autres. Le quartier des friandises, celui des tissus, des meubles, des fringues, des animaux, des fleurs, des bidules et des gadgets, séparés par des allées étroites aussi encombrées que les rues autour de la tour Eiffel le soir du 14 Juillet. Jesse est au bord de l'hystérie.

– Regarde, ma chérie, renchérit Aline, ce sifflet en bois !

Les cadeaux pleuvent. Le sifflet en bois, un serpent en tissu garni de sable, un T-shirt orné d'une tête de chien « qui ressemble à Boubou » – berk !

– Oh maman, il nous faut ces balles pour Bounet, il va être fou !

Leur complicité, je ne l'envie pas. Ma mère a des défauts, je suis bien placée pour les connaître, mais au moins elle m'a appris l'autonomie. Un instant je la mets en pensée devant moi à la place d'Aline, et à mes côtés Sybille, Charlie et Fatou. Je crois nous entendre :

– Matez les éventails en soie, les filles, c'est mon rêve de gamine !

– J'y crois pas, le T-shirt avec la photo de Shiva il est à cinquante bahts, même pas deux euros !

– Fatou, la tunique jaune, la brodée, là, elle est faite pour toi.

J'achète deux T-shirts Shiva et un troisième avec un autre motif pour Sybille qui, si elle était là, me dirait :

– Margaux, tu as fait une big touche avec le vendeur. Il n'arrêtait pas de te sourire. Déconne pas, tu n'as pas remarqué ?

Mais une voix bien réelle, celle-là, et bourrée d'entrain crève ma bulle :

– Te voilà dans ton élément, Margaux. Nous avons trouvé l'endroit où il fallait t'emmener à Bangkok !

Elle a l'air ravie, Aline. Je cherche la réplique quand une voix aiguë à côté ajoute la phrase qui tue :

– C'est super, hein !

Je regarde Aline bien en face :

– Oui. J'aimerais vraiment que mon père soit là.

Elle approche son visage du mien :

– Nous aussi. Mais tu ne le feras pas venir en boudant tes vacances, tu ne crois pas ?

Quel culot de me sortir une chose pareille ! Sans répondre, je contemple un bouddha sculpté. Ma vue se brouille et Lia la captive me maudit.

Aline reprend son ton de cheftaine scout :

– Ralf me fait signe, ils vendent des jus, là-bas. Jesse, tu m'as dit que tu mourais de soif?

Il nous reste à déchiffrer l'énigme des diverses boissons à travers la vitre du comptoir ambulant. Il y a deux récipients transparents où trempe une louche dans ce qui pourrait être du thé et de la grenadine. Allez savoir, la vendeuse ne parle pas anglais. Il y a des minibriques de jus de fruits peut-être aussi salés que la mer Rouge. Restent les jeunes noix de coco taillées en cube (pour faciliter le rangement) et percées d'un trou où passe une paille. Cette fois, c'est à Jesse que Ralf tend son porte-monnaie.

– Tu en demandes quatre pour nous ? lui suggère-t-il d'un ton engageant.

Mais la princesse se réfugie derrière Aline en minaudant :

– Non, non, j'ose pas, c'est toi !

J'ai un coup au cœur. Hier, Ralf m'a envoyée à l'épicerie pour donner l'exemple à sa fille. Aline ne m'a complimentée que pour la stimuler. Quels salauds. Ils vont voir, je vais la leur exploser au visage, leur noix de coco.

La fraîcheur du gros fruit dans la main me ramène au sens des réalités. Dans ce pays, la grève de la soif, laisse tomber !

Chapitre 12

Le quartier des poissons à Tchatchoutchak est un tableau vivant, composé d'aquariums, de tubes et sacs en plastique transparents où évoluent des centaines de poiscailles de la taille d'un grain de pavot à celle d'une banane. Unis, à pois, rayés, arc-en-ciel, à nageoires-tutu, à nageoires en ailes de papillon, à nageoires-dinosaure ou à nageoires qui piquent, il faudrait être de mauvaise foi pour ne pas en trouver un à son goût.

Nous passons au rayon des oiseaux, des reptiles et enfin à celui des mammifères, de la souris au chien en passant par l'écureuil de Corée. Sur quelques milliers de mètres carrés grouille de quoi remplir l'arche de Noé, y compris les animaux exotiques officiellement interdits à la vente.

Dans un bac une centaine de poussins verts, roses, bleus et mauves se piétinent et pépient. Pour une fois, Jesse ne trouve pas l'idée super :

– C'est cruel, pauvres poussinous, s'apitoie-t-elle. Maman, tu crois qu'ils peuvent mourir asphyxiés avec la teinture ? Heureusement que Boubou n'est pas là pour voir ça !

L'amie de *30 millions d'amis* tourne le dos à l'horreur tandis que je m'attarde au spectacle des vendeurs et des vendeuses affairés à shampouiner avec vigueur leur bébé pékinois ou leur joli cocker. Ils lui décrottent les yeux, lui brossent les pattes, avant de le poser bien pomponné sur le carré de velours de soixante-dix centimètres sur quatre-vingt-dix où il va rester là à faire le beau et à se laisser tripoter par les chalands en attendant son futur propriétaire. Je me demande qui est le plus à plaindre, de ces animaux bichonnés ou de leurs vendeurs qui font les *doggy-sitters* dans cette fournaise cacophonique en service non-stop. Car ici c'est évident, ils n'ont jamais entendu parler des trente-cinq heures.

Seule l'odeur finit par m'arracher à ce spectacle inouï. Au fait, où est donc passée ma famille de location ? Lia la captive ricane : bon débarras. Mais mon cœur accélère en constatant que je suis bel et bien seule.

J'essaie de repérer une salopette à rayures orange – comment étaient habillés Ralf et Aline, déjà ? Incapable de m'en souvenir. Je poursuis sans musarder le couloir que nous étions en train de suivre. Ce n'est pas facile de repérer quelqu'un dans cette foule. Arrivée à la limite du rayon des animaux, je dois me rendre à l'évidence : aucun membre de ma famille obligée n'est dans les parages. J'hésite au bord de l'allée transversale, plus grande, au-delà de laquelle commence un nouveau monde : celui des marchands de meubles. Je remonte du regard leurs couloirs, nettement moins bondés. Aucune rayure orange en vue. L'air que je respire est épais, poussiéreux, les cris des animaux me cassent la tête. Je me sens collante, pauvre mouche engluée dans la gélatine du marché.

Je m'effondre sur un minitabouret en plastique à côté d'un carton plein de chats aux yeux bleus. Une jeune femme s'approche, me demande quelque chose en thaïlandais, ou peut-être est-ce de l'anglais aux yeux bridés, de toute façon je ne reconnais pas un mot. Je me suis assise sur le siège de la vendeuse, ou bien elle me demande si je veux un mâle ou une femelle. Je lui rends son sourire, me relève malgré ses signes aimables m'invitant à rester me reposer, et je retourne d'où je viens. Je retrouve le bac des poussins. À présent ce coloriage de gallinacés me paraît lugubre, mais mes vieux m'ont toujours dit: «Si tu te perds, reste toujours à l'endroit où tu te trouves!» J'espère seulement que dans cette famille ils pratiquent les mêmes sentences. Je n'ai pas la moindre idée de comment retourner toute seule à l'hôtel. Tout juste si je me rappelle son nom: Siam guest-house, à moins que ce soit New guest-house? Déjà, pour arriver à sortir de la mélasse de Tchatchoutchak, bonjour le défi, avec mon sens de l'orientation et ma compréhension défectueuse de l'anglais thaï.

Je n'ai aucune idée du temps qui s'est écoulé depuis que je suis perdue. D'ailleurs ici il pourrait être minuit qu'on ne s'en apercevrait pas. Je lorgne les poignets autour de moi pour avoir l'heure: midi vingt.

De l'autre côté de l'allée un perroquet produit un sifflement strident. Je ne l'avais pas remarqué à cause des poulets peinturlurés. Je vais contempler la bête de plus près. Ses couleurs à elle sont naturellement violentes et son air mauvais aussi. Je reste plantée là, à lui rendre œil pour œil son regard de travers. C'est distrayant, car l'angoisse commence à monter.

Je grappille l'heure sur au moins six montres différentes sans qu'il s'écoule plus de dix minutes. Je n'ose plus regarder vers le bout de l'allée où personne de connu n'apparaît jamais. Et pourtant... N'est-ce pas Ralf qui me fait signe, là-bas?

Je me précipite. C'est bien lui. Aline est à ses côtés. C'est d'elle que part la claque qui me tient lieu de formule de bienvenue. J'ai le temps de voir le bras de Ralf se lever pour parer le coup, mais c'est trop tard. Il lâche un «Écoute, Aline!» désapprobateur à l'égard de sa mégère. Elle, elle est occupée à me crier:

– Tu as décidé de gâcher nos vacances, toi, hein?

J'éclate en sanglots. Ralf bredouille que je ne dois pas faire attention, qu'Aline était très inquiète. Il a l'air embarrassé, mais je m'en moque. Je repousse sa main qui se pose sur mon épaule. Autour de nous, pire qu'un attroupement, les Thaïs regardent ailleurs. Pour eux, crier et taper, c'est la honte totale. En être témoin, c'est aggraver le cas de celui qui perd la face en même temps que le sang-froid.

Aline tourne les talons, suivie de Jesse. Ralf me fait signe de passer devant lui. Il ne me manque plus que les menottes.

«*Séquence 1*: Gros plan sur le carquois enlevé à Lia la captive, lequel orne maintenant la tente de Grand Chef Grosse Furie au milieu d'autres trophées. Contrechamp sur Grosse Furie qui se réjouit de la grosse rançon qu'elle va demander. Bande-son: rire gras avec arrière-fond de cris de vautours.

Séquence 2: Grand Chef Grosse Furie se déplace en personne jusqu'à l'enclos où est enfermée Lia, assise devant son bol de nourriture intact. Contracte les mâchoires avant sa réplique:

– Toi bien traitée. Toi pas tomber malade. Toi accepter excuses de Grosse Furie trop cruelle car aveugle colère. Toi manger bonne soupe de canard sauvage.

Lia hoche la tête sans dire une parole.

Séquence 3: La caravane se remet en marche, Lia la captive entre Grosse Furie et la guerrière nommée Superoieblanche.

Séquence 4: Près du feu de camp, Superoieblanche dort, le poignet attaché à celui de Lia, dont on voit les yeux ouverts briller à la clarté de la lune.»

Je ne sais pas si Jesse est déjà endormie. Je n'entends aucun mouvement venant du lit d'à côté. Je ressors ma tête de dessous les draps et glisse mon cahier sous mon oreiller. Demain nous partons pour Hanoï, capitale du Vietnam. Je n'ai aucune envie de demain ni des autres jours de l'été.

Chapitre 13

Une dernière fois les délicates hôtesses de l'aéroport de Bangkok nous font le salut thaï, les mains jointes devant la poitrine, avant que nous embarquions à bord de l'Airbus de Vietnam Airlines en direction de Hanoï. Je refuse la place à la fenêtre au bénéfice de Superconfiante qui prend cela pour une expression de ma générosité. « Margaux a bon cœur sous son masque d'écorchée vive », peut-on lire dans ses yeux tandis que sa bouche prononce : « Tu es sûre ? C'est super ! » Mon Dieu, ce qu'elle pèse ! (Et je n'ai aucun dieu, c'est dire.) Si je cède la place à la fenêtre c'est pour obtenir celle de l'allée. Être le plus loin possible d'elle. Pouvoir me déplacer dans l'avion en me donnant l'illusion trois minutes que Lia grand reporter voyage seule.

Un plateau nous arrive avec les tranches d'un fruit inconnu, à la chair de neige et aux pépins anthracite. Frais et sans goût. Je ferme les paupières et imagine que c'est la fin des vacances, que cet avion me ramène en France. Sur ma gauche j'entends glapir : « Je vois la ville, c'est super ! » J'essaie de m'évanouir sans succès. Si seulement je pouvais hiberner, ou plutôt éterner jusqu'en août !

Dès la sortie de l'avion il nous tombe dessus une chape de plomb fondu. À côté de Hanoï, Bangkok était aussi fraîche qu'un esquimau glacé. Heureusement un ami de Ralf, journaliste au *Courrier du Vietnam*, a réservé un hôtel pour nous, central et sans touristes. Un escalier de bois, des rideaux rouges, on se croirait au cinéma des colonies : *Indochine*, *L'Odeur de la papaye verte*. Le style vieillot n'empêche pas la télé accrochée au mur dans les deux chambres. Dès qu'Aline et Ralf ont tourné les talons, j'allume la nôtre, histoire de voir à quoi ressemblent les programmes locaux. Jesse fait une tronche inquiète :

– On n'a pas demandé la permission, chevrote-t-elle à mon intention.

Je me retiens de pouffer. T'inquiète, je lui dis, on va regarder juste cinq minutes. Je zappe d'une main experte, passant d'une chaîne de sport à une chaîne d'infos via un feuilleton guimauve. On ne parle qu'américain cent pour cent beurre de cacahouète là-dedans. Un coup d'œil à Jesse : elle a interrompu son rangement de bagages et contemple l'écran de l'air du zoziau fasciné par le python. On voit qu'elle est rationnée à la maison. Je zappe toujours. Une charmante crevette en tutu rose, petit chignon de danseuse, chuchote à l'oreille d'une autre d'un air excité. Signe particulier : elle chuchote français.

Une main frôle la porte et Aline passe une tête curieuse :

– Qu'est-ce que vous faites ?

Elle fronce les sourcils :

– Jesse, tu ne regardes pas la télé, quand même !

Jesse répond en urgence :

– Il y a une chaîne en français, maman !

Elle n'ajoute pas que c'est super ; ce serait de la provocation.

Aline commente qu'il s'agit de TV5, la chaîne francophone qui rediffuse certains de nos programmes dans les pays étrangers. Elle dresse l'oreille et se déplace pour regarder l'écran qu'elle ne voyait pas :

– Ça alors, c'est *Les Petits Rats de l'Opéra* ! Mon feuilleton préféré quand j'avais votre âge !

Je signale qu'en fait de rediffusion, les Français donnent de sacrés vieux rogatons. Aline s'arrache au spectacle, proteste d'un ton indigné que ce feuilleton est très amusant, puis s'interrompt brusquement :

– De toute façon nous ne sommes pas là pour regarder la télé, nous sommes là pour découvrir le pays. Voyons, Jesse, tu sais bien qu'on n'allume pas le poste pendant la journée.

Je suis sur le point de répliquer que la télé fait partie du pays. Que chez moi « on » l'allume à l'heure qu'on veut, du moment que les devoirs sont faits. Je me la boucle, je n'ai aucune chance sur ce coup-là.

Et c'est ainsi qu'au lieu de découvrir au frais dans une chambre quasi climatisée si oui ou non les petits rats se feront pincer lors de leur visite clandestine sur le toit de l'Opéra, Lia la captive se retrouve à traîner dans les rues de Hanoï derrière ses kidnappeurs. Si vous n'avez pas vu *Sept Ans de réflexion*, vous connaissez quand même la photo de Marilyn Monroe où l'on voit sa robe blanche s'envoler au-dessus d'une bouche d'aération du métro new-yorkais. Cher Papa, si tu étais là, je pourrais te dire combien j'apprécie maintenant à sa juste valeur l'ambiance du film dans ma chair suppliciée par les degrés.

Chapitre 14

Quand l'accablement moite est devenu une seconde nature, se pointe une autre sensation : celle d'être tombée à l'autre bout de la terre. Bangkok était étonnante, c'est vrai. Les petits marchands dans les rues, le fleuve, les marchés foisonnants, les bonzes à robe orange. Mais en parallèle la vie fonctionnait à l'occidentale. À part les Thaïlandaises tout sourire pour la beauté sans pareille de Jesse, personne ne nous regardait comme des bêtes curieuses.

Ici les gens qui peuplent les trottoirs ne sont qu'yeux à notre passage. Leur regard n'est ni curieux, ni hostile, ni aimable. Juste omniprésent et sans gêne. Je surprends une femme pousser du coude sa voisine afin qu'elle ne rate pas notre apparition. Dans la rue, peu de voitures, mais des vélos et encore des vélos, et divers deux-roues à moteur, klaxonnant sans répit, et qu'il faut encore éviter quand ils sont garés en plein trottoir, protégés du soleil par une paille de plage. Dans les plus larges rues, nouvelle surprise : annoncé par un son cristallin, je vois apparaître mon premier cyclo-pousse. Un Français d'Indochine a imaginé d'ajouter une bicyclette au pousse-pousse traditionnel, à la place de l'homme qui tire la carriole, comme dans *Le Lotus bleu*. Devant le chauffeur à bicyclette, la banquette deux places est aussi rouge que celle de son cousin le tuc-tuc, avec une capote pliable à franges coquettes et poussiéreuses.

De nombreuses filles passent à mobylette, seules ou entourant une autre fille ou un amoureux par la taille. Elles sont vêtues à l'occidentale ou en ravissante tunique longue fendue sur un pantalon assorti. Presque toutes portent de longs gants, un chapeau, et un foulard leur cachant le visage à la façon des bandits de l'Ouest. Est-ce que les Vietnamiennes se voilent?

Cette ville vit à une autre époque, ni celle des colonies, ni celle de la modernité. Le temps semble l'avoir oubliée ou n'y être passé qu'en pointillé.

Nous dînons tôt dans un des multiples petits restos à côté de l'hôtel. En rentrant je n'ai même pas la force de dévoyer Supergnangnan pour regarder le film du soir sur TV5. Heureusement, la clim des années cinquante est encore d'attaque. Le sommeil me prend aussi vite que la Belle au bois dormant quand elle se pique au coquin fuseau.

Au matin, dans la salle non climatisée d'en bas, le petit déjeuner de l'hôtel paraît anormalement occidental: lait concentré, eau bouillante, œufs durs, ananas, tartines sans beurre mais avec confiture.

Aline tient à nous emmener au lac Hoan Kiem, «là où bat le cœur d'Hanoï». De loin il semble un havre de paix, eau scintillante, île, pagode, petits bancs où des grands-pères jouent au mah-jong, allées bordées d'herbe où des mères promènent leurs enfants. De près c'est le supplice du harcèlement. Une nuée de mendiants, d'estropiés, de vendeurs de cartes postales s'abattent sur nous tels des moustiques sur le seul bœuf du marécage. Dès que l'un se retire satisfait avec son billet de deux mille dôngs – quinze centimes d'euro –, arrivent dare-dare trois autres qui voient miroiter leur repas du soir. Jesse tire sa mère par le T-shirt en la suppliant de partir. Adieu lac Hoan Kiem. Aline tient tout de même à réserver au théâtre municipal le spectacle des marionnettes d'eau, vanté par son guide, pour dans trois jours. Des marionnettes, allons-y donc.

– C'est le Guignol vietnamien? demandé-je, acide.

– Si on veut. Il paraît que c'est très beau, me répond Aline.

Décidément l'ironie ne passe pas dans cette famille.

Ralf nous rafraîchit avec une bouteille d'eau appelée «La Vie» sur l'étiquette, car le vietnamien ne s'écrit pas en vermicelles mais en caractères romains, et d'ailleurs «La Vie» est français. C'était pour mieux nous faire courir plus loin, à l'ambassade de France.

– Qu'est-ce qu'on va faire à l'ambassade, Papa, demande Jesse?

Ralf grommelle qu'il a besoin d'un renseignement. Quel renseignement, insiste Jesse, laquelle aurait certaines qualités pour quémander autour du lac. Ralf lui dit que cela ne l'intéressera pas, que c'est pour un ami en France. Son regard rencontre le mien et se trouble d'un battement de cils. Je me demande si cet ami pourrait être mon père. Mais mon père n'est pas le seul ami de Ralf.

Dans le quartier de l'ambassade, les avenues sont

larges, ombragées de grands arbres, les trottoirs bordés de murets laissent voir de belles maisons jaune pâle aux ornements de plâtre style gâteau de mariage meringué. Pas besoin d'avoir été à Nice ou à La Baule – et moi j'y suis allée – pour comprendre que ce sont les anciennes maisons des Français.

Une fois franchi le barrage de l'entrée, l'ambassade c'est hôtel quatre étoiles : climatisation, distributeur d'eau, divans spacieux et lavabos équipés. Le sexe féminin attend en feuilletant des revues que Ralf soit reçu par un jeune attaché. Vu le peu de temps qu'il y passe, pas besoin de deviner qu'il revient bredouille.

– Alors, Papa, demande Jesse de sa voix pointue, il t'a dit ce que tu voulais savoir ?

Chapitre 15

Non loin de l'ambassade, plusieurs restaurants étalent leurs tabourets bas et leurs tables minuscules – «leur matériel de crèche», dit Ralf qui a du mal à y ranger son mètre quatre-vingt-dix – sur le très large trottoir. Comme en témoigne le nombre d'autochtones attablés, c'est l'heure de la soupe à Hanoï. Le verbe attablé est approximatif, vu que les Vietnamiens ne se penchent pas sur leur bol, ce serait plutôt le bol qui monte vers eux. De là, ils poussent d'une main agile la nourriture vers leur bouche à l'aide de leurs baguettes. Accompagné de riz, le même bol de bouillon clair garni de légumes est présent en nombre sur les tables alentour. Aline la battante part nous commander les plats. Nous aussi nous avons droit au bouillon et à une assiette avec des morceaux de poulet. Autour de nous, seulement des Vietnamiens. Erreur, j'entends parler français derrière moi. La conversation tourne autour d'Untel qui ne fait pas son boulot, et de celle-là qui vient d'arriver et qui entend déjà régenter son monde. Je me tourne discrètement. Il s'agit d'un homme en costume-cravate et d'une femme en tailleur de lin, coiffée d'un bibi en paille, ceint d'un coquet ruban à nœud. Vu leurs habits inadéquats au trekking, il est clair que ces deux-là travaillent à l'ambassade.

Jesse n'aime pas le goût du bouillon et se rabat sur le poulet. Elle demande quand est-ce qu'on ira dans les restaurants français.

– Comment cela, dans les restaurants français? interroge Ralf, les sourcils levés.

– Tu m'avais raconté qu'il y avait eu les Français au Vietnam et qu'ils avaient imposé leur style de vie! s'agace la petite choute.

Ralf s'étouffe. Quelques grains de riz atterrissent sur les genoux d'Aline.

– Tu as mal compris, ma poupée! Je parlais de façon générale; je parlais d'habitudes de vie comme les bains de mer ou de certaines manières de penser!

Il baisse la voix:

– Maintenant ce sont les Français qui vivent à la vietnamienne, regarde derrière toi!

Jesse dédaigne de reluquer le couple smart. Elle boude. Ralf se plie en quatre pour lui faire faire risette. Elle le rembarre sans pitié. Finalement Jesse c'est tout l'un ou tout l'autre: ou c'est super, ou rien ne va. Aline soupire. Lia la captive hume l'air, aux aguets. Tout n'est pas rose au pays de Supernunuche?

L'estomac rassasié nous allons nous promener au marché. Là, comme à Bangkok, les spécialités sont regroupées en zones. Nous entrons par le coin des poissons. Des jeunes filles s'affairent autour de bassines en plastique.

Un cri à vous glacer le sang fend l'air bouillant. Jesse vient de s'apercevoir que la pâte malaxée par ces demoiselles n'est autre que de la bouillie de petits crabes pilés vivants. Si l'on veut s'en convaincre, il y a des bassines à tous les stades de la préparation.

– Vous avez vu comme ils sont cruels ? pleurniche-t-elle.

Je contemple, fascinée, une fille de mon âge piler énergiquement son lot de bêtes grouillantes. Elle n'a l'air ni sadique ni attristée : elle bosse, *punto basta.*

Jesse gémit de plus belle sur la souffrance des crustacés. Ce matin, les estropiés du lac n'ont pas eu droit à tant d'apitoiement...

Lia la captive repart à regret derrière sa famille obligée. Elle l'aurait parié, Aline tourne à tribord aux fruits et légumes au lieu de s'engager à babord dans le quartier pourtant excitant des volailles caquetantes. Il est vrai que les primeurs ne subissent pas d'autre supplice que celui d'être disposées en pyramide dans de grands paniers d'osier. Elles affichent une mine florissante et colorée : vert des haricots, des caramboles et des liserons d'eau, rouge des piments et des radis, jaune des ananas et des bananes, blanc des œufs, des choux chinois et des navets.

Des fruits rose bonbon de la taille d'une grosse pomme de terre sont entassés dans une corbeille. Avant de trop réfléchir, je sors mon porte-monnaie et fais signe que je veux en acheter un. Non, madame, un seulement ! La vendeuse aux milles rides s'esclaffe et me demande : « *Phap* ? » Je hoche la tête sachant que *Phap* veut dire « Français ». Elle pèse le fruit dans son antique balance, fouille dans les billets que je lui tends, me prend trois mille dôngs et me fait, en s'esclaffant de plus belle :

– *Thanh Long*, foui du douagon!

Je ne sais pas si c'est le juste prix, et je ne sais pas non plus si elle se moque de moi avec son fruit du dragon. Du moins c'est ce que j'ai cru entendre, car elle a un accent pire que les Chinois dans les pubs. Mais je suis fière de mon achat. Encore plus quand je m'aperçois que Ralf a observé la scène depuis son panier de haricots secs. Il vient à ma rencontre avec son flegme habituel :

– Alors, tu fais ton marché, ma grande ?

Ma grande. Dans un élan, je propose :

– On regarde comment c'est dedans ?

– Bien sûr, mais attends une seconde, je vais appeler les autres. Jesse ne voudra pas manquer ça !

Gros plan sur Lia qui se mord la lèvre. Moi qui voulais garder mon fruit pour l'ouvrir tranquillement à l'hôtel, quelle mouche m'a piquée d'avoir un élan de bonté envers un kidnappeur ?

Chapitre 16

Je n'ai plus qu'à m'exécuter. J'ouvre mon couteau suisse, essuie la lame sur ma manche... De quoi faire languir mes trois spectateurs, pour une fois que c'est moi la vedette dans cette famille qui m'a louée au mois. Et chlac, j'ouvre en deux. La chair du fruit est blanche comme neige avec de minuscules pépins noir de jais.

– C'est ce qu'on a eu dans l'avion! s'écrie Jesse assez vite pour gagner au jeu des mille euros.

– On n'avait pas remarqué, rétorque Lia la captive.

Je sens le regard d'Aline sur moi. Pas besoin de le rencontrer pour en savoir la couleur: noire. Lia la captive découpe et offre les tranches à la ronde.

– Il gagnait à être servi frais, commente Ralf.

Il désigne une rue sur le côté du marché et ajoute:

– La jeune fille là-bas vend des ananas qui ont une très bonne tête. Cela vous dit? Maintenant que nous sommes partis dans la dégustation...

Nous le suivons dans la petite rue paisible, jusqu'au coude formé par le décrochement d'un pan de mur jaune. Là s'est installée la vendeuse d'ananas avec les deux paniers de sa palanche. Ralf lève l'index à la vietnamienne pour signifier que nous voulons un fruit. Elle l'épluche habilement et nous le tend. Il est délicieux, Ralf en redemande deux... Pendant que nous dégustons, les doigts dégouttant de jus, une vieille femme arrive et se plante devant Jesse en riant de toutes ses dents, c'est-à-dire la demi-douzaine qui lui reste. Elle se tourne vers Aline et lui adresse un discours. Manifestement, elle demande quelque chose. Aline lui tend notre bouteille de La Vie ; dans le quartier du lac, une autre petite vieille nous a ainsi taxé notre biberon d'office, toc, d'un geste autoritaire. Mais celle-ci repousse l'eau en secouant la tête. Nous la regardons, perplexes. Elle se décide : d'un mouvement rapide elle tâte... l'entrejambe de Jesse ! Elle se marre de plus belle et reprend sa route.

Stupeur dans les rangs. Même Lia la captive n'a pas envie de rigoler. Jesse se jette sur la poitrine d'Aline qui lui caresse la tête. Ralf s'approche, explique d'une voix douce :

– Ma muse, elle a vérifié si tu étais un garçon. Ici c'est important pour les parents, elle voulait être aimable...

– AIMAAABLE ! hurle Jesse en dégageant son visage.

Elle est cramoisie. Ses deux bras se lèvent en même temps. Une seconde je crois qu'elle va arracher les yeux de son père. Elle se contente de trépigner et de hurler. La petite vendeuse d'ananas lève la tête de son fruit, médusée. Aline sort son mouchoir, l'inonde d'eau et le passe sur le visage de sa fille.

Une folle. Lia la captive tient compagnie à une folle. J'avais des doutes, mais maintenant je suis fixée. Ralf m'entraîne vers le marché :

– Viens, laissons-les tranquilles.

Je ne demande pas mieux. Mon cœur palpite sous l'effet de l'adrénaline. Autour de moi le marché s'est obscurci. Les chauves-souris s'entrecognent dans ma tête. Je suis tombée dans un piège. Un traquenard abominable. Chaque été ils kidnappent une nouvelle fille, car chaque été leur petit monstre consomme une nouvelle victime.

« Extérieur jour, matin. Gros plan sur Lia la captive dans ses draps sanglants, son couteau suisse planté entre les omoplates. » Je sursaute.

– Eh oh, Margaux ? Tu en fais une tête, est en train de dire Ralf la tête penchée vers moi.

Il ajoute d'un ton rassurant :

– Tu ne dois pas t'inquiéter. Jesse est parfois submergée par une contrariété, mais elle se remet vite. Enfin jusqu'ici elle en a toujours réchappé !

Il a encore le cœur à plaisanter. Il a remis son habituel sourire au coin sur les lèvres. Nous remontons lentement l'allée des légumes, repassons devant ma marchande de fruits roses. De temps en temps Ralf jette un coup d'œil sur l'entrée de la petite rue. Je risque une question :

– Vous n'êtes pas allés voir un médecin ?

– Oh, tu sais, un jour elle est spasmophile, le lendemain elle manque de fer, de cuivre, ou de je ne sais quoi. Chacun doit trouver son remède à la vie, c'est tout.

Je ne suis pas sûre d'avoir bien entendu : a-t-il dit « à la vie » ou « dans la vie » ? Je n'ose pas lui demander de préciser. J'ai peur qu'il se rende compte qu'il a perdu pour une minute son éternel ton badin. Sous le flegme apparent et l'humour doit se cacher un père inquiet pour sa fille. Les mêmes sentiments que j'éprouve moi-même envers mon père depuis qu'il a quitté la maison. Cela n'arrive pourtant pas à me rendre Jesse plus sympathique.

– Ah, les voilà qui reviennent, observe Ralf.

Aline et Jesse s'avancent vers nous. À leur allure décontractée, personne ne pourrait deviner ce qui vient de se passer. Je détaille la silhouette gracile, en short et T-shirt kaki, la casquette orange sagement posée sur les cheveux courts : il faut avouer qu'à première vue le sexe n'est pas évident, surtout pour un Asiatique. Sursaut : je viens de déchiffrer l'énigme des jeunes femmes de Bangkok qui se poussaient du coude en croisant Jesse. Elles trouvaient mignon un futur séducteur occidental !

Chapitre 17

Ralf n'a pas menti : Jesse poursuit la flânerie dans le marché sans histoires. Nous arrivons à une sorte de placette, ornée d'un arbre fleuri. Jesse se décolle de sa mère et va examiner de plus près les pots au contenu mystérieux gardés par une fillette sur le pas d'une porte.

– Qu'est-ce que cela peut bien être, maman ? crie-t-elle de loin à sa mère, comme si nous étions seuls au monde.

Ce genre de comportement puéril me donne envie de l'étrangler. C'est dire que j'ai des pulsions de meurtre à peu près vingt fois par jour. Je m'attarde derrière le tronc de l'arbre dans l'espoir de paraître sans lien aucun avec ces *Phaps* grossiers.

Aline s'approche de la petite vendeuse de Jesse-voudrait-savoir-quoi et sort son manuel de conversation vietnamien/français. Elle désigne les pots, puis elle indique un mot sur une page, renonçant d'avance à le prononcer correctement vu qu'il y a six tons pour chaque syllabe dans cette langue chantante. La fillette rit en faisant « non » de la tête. Elle se saisit du manuel, tourne les pages en prenant son temps, et finit par en désigner une à son tour. Aline tourne la tête vers Ralf et moi, avec un geste d'invitation enthousiaste à venir la rejoindre. J'obtempère en ayant envie de rentrer sous terre.

– Ce sont des douceurs, nous explique Aline ravie.

La fillette saisit un grand verre propre à côté d'elle, une longue cuillère qu'elle pointe sur les pots, et regarde Aline d'un air interrogateur.

– Nous pouvons choisir ce que nous voulons jusqu'à remplir le verre, explique celle-ci tout en désignant plusieurs bocaux à la fillette.

– C'est super, renchérit Jesse.

Son ton n'est pas très convaincu. Peut-être a-t-elle en mémoire les bonbons salés de Bangkok ? Toutefois la brave petite se garde de ne pas casser la bonne humeur de Maman.

– Avant de choisir, commençons par goûter le tien, propose Ralf.

Aline tend à chacun son verre empli d'un sirop blanchâtre et épais, de fruits marinés, de liquide mielleux couleur de réglisse, avec la longue cuillère qui l'accompagne.

– C'est super bon ! s'écrie Jesse. Surtout le truc blanc. Il a le goût de fleur d'oranger. Je veux un verre de celui-là avec des boules translucides.

Lia la captive ricane de voir Superpomme si bien ajustée au diapason maternel. La vendeuse se lève, disparaît précipitamment chez elle et en ressort avec trois autres verres. Pendant que nous mangeons, elle nous regarde, les yeux brillants. Elle n'est pas peu fière de vendre la confiserie de famille à de tels clients. De longues guêpes bourdonnent au-dessus de sa marchandise. L'une d'elles se pose sur le verre terminé d'Aline. La petite prend une grosse paire de ciseaux à côté d'elle, et slic, coupe la bestiole en deux avec une adresse ébouriffante.

Jesse pousse un cri de révolte que Ralf désamorce de son ton mi-papaye mi-litchi :

– L'intention est charitable, ma poupée : c'est pour lui éviter les souffrances d'une mort lente, engluée dans les sirops !

Et il ajoute, le dernier verre reposé :

– Si l'une de ces dames a des besoins naturels à soulager, j'ai repéré les toilettes du marché tout à l'heure.

Lia la captive est forcée de reconnaître à Ralf un sens de l'orientation au moins égal à celui de son père, tandis qu'il nous conduit à un bâtiment en béton aux deux portes jumelles. Sur l'une est marqué NU, sur l'autre NAM.

– Nous, c'est NU, nous informe Aline, incollable sur le contenu de son guide.

À l'entrée une petite bonne femme tend à Aline du papier journal découpé contre quelques sous. On débarque dans une sorte de cour, et là, gloups !

Les cabinets, c'est trois mètres de trottoir en plein air avec en dessous une rigole d'eau. En guise de mode d'emploi, deux femmes y sont accroupies en train d'uriner côte à côte.

Aline pousse une exclamation :

– Ce sont des WC communs. J'ai une amie qui en a vu en Chine !

Sa voix vibre joyeusement à l'idée d'égaler la fameuse amie. Du côté de sa fille, la chanson est différente : soupirs, trépignements, chuchotements, Jesse va-t-elle repiquer une crise de nerfs ? Elle s'enfuit à toutes jambes, Aline sur ses talons. La cour retrouve sa tranquillité. Je m'installe en ligne avec les utilisatrices, quoique à l'autre bout du trottoir, et je baisse ma culotte sans chichis. Un coup d'œil à ma voisine me confirme qu'elle ne s'occupe que de ses affaires. Je l'imite. En deux jets c'est fait, je dédaigne le journal au bénéfice d'un Kleenex et je me reculotte. Il n'y a pas de quoi en fondre une cloche.

Dehors, ma famille de location forme grappe. Jesse est en larmes. Ses parents se penchent sur elle pour la raisonner. La princesse donne des coups de poing à Ralf qui proteste d'une mine contrite. J'imagine qu'elle le tient pour responsable de l'avoir envoyée dans ce piège à chochottes. Lia la captive hausse les épaules. Chez agnès b. aussi la cabine d'essayage est commune !

En attendant la fin du mélodrame je m'accroupis devant un énorme panier à salade en ferraille rempli de poulets qui caquettent à cœur joie.

Aline me fait signe. Je m'approche à contrecœur pour m'entendre dire :

– Tu as réussi, toi ?

Elle a l'air de parler du 400 mètres nage libre. Je hausse les épaules :

– Bien sûr, pourquoi ?

– Tu vois, reprend Aline d'un ton suppliant, Margaux l'a fait !

Pour toute réponse Jesse émet un grognement aigu, style « Bébé sait mais Bébé veut pas quand même ». Ahurissant.

Finalement Aline trouve l'argument choc: elle ne peut pas promettre à sa pitounette chérie de trouver d'autres cabinets bientôt. Et elle lui promet qu'elles attendront qu'il n'y ait personne et qu'Aline guettera pendant qu'elle fait.

Ralf prend son ton le plus persuasif pour dire qu'Aline a raison. Je le hais. Mon propre père ne me laisserait pas une minute jouer ainsi les mijaurées. Il a vraiment «bonne poire» écrit sur le front!

Trois siècles après on continue la visite du marché. Depuis Tchatchoutchak, Aline surveille ma position. Elle se retourne tous les cinq mètres pour vérifier si je suis là. Au début j'ai eu envie de jouer à cache-cache pour lui donner du travail, dame, puisqu'elle en demande. J'ai vite laissé tomber: ce genre de petit jeu est incompatible avec la chaleur.

Car toujours à mourir elle est, la chaleur. Elle change tout. J'ai beau avoir vu pas mal de photos de marchés exotiques dans divers magazines, regardé des dizaines de films qui se passent dans tous les pays du monde en noir et blanc et en couleur depuis que je suis en âge de lire un sous-titre, je n'aurais jamais cru qu'y être, ce serait différent à ce point. Le corps se traîne en limace, rêvant qu'on le déleste de ses vêtements et de sa chevelure lourde comme un serpent. Des odeurs violentes prennent le nez, parfums d'épices, senteur familière de poulailler, puanteur de fruits surs, d'urine ou de camphre. Les bruits sont vivants aux oreilles. Je commence à repérer la mélodie de la langue vietnamienne.

Chapitre 18

Avant de rentrer à l'hôtel, visite du temple de la littérature.

Le portique au toit chinois tuilé porte l'inscription « Les nobles visiteurs sont priés de descendre de cheval ». Lia la captive pénètre la première dans la cour d'accueil aux quatre grands bassins de pierre remplis de nénuphars : *Adieu ma concubine, Le Palanquin des larmes.*

Aline lit son guide à haute voix : « Le pavillon Khue Van blablabla, un des plus beaux exemples d'architecture vietnamienne. Les 82 stèles célébrant les hauts faits des mandarins blablabla reposent sur des tortues de pierre. »

– Elles sont sympathiques hein, ces statues, ma puce ? demande-t-elle à sa fille selon son usage.

Je quitte les braves reptiles pétrifiés pour rejoindre l'autre cour. Je ne risque pas de semer mes kidnappeurs vu que je ne sors pas de l'enceinte du temple.

La cour numéro deux donne sur une pagode bouddhique et une boutique de souvenirs. Boîtes en bois ouvragées, éventails, bijoux dans des vitrines, vêtements chatoyants. Les prix affichés sont « hors de » par rapport aux puces de Bangkok. De toute façon ce n'est pas l'endroit pour acheter, mon cher Watson.

Parmi sa liste de recommandations, ma mère en a eu de toutes spéciales pour les souvenirs :

– N'achète jamais un objet que tu vois pour la première fois. Tu le paies dix fois son prix et le lendemain tu en vois des dizaines d'autres plus jolis et moins chers.

Les cintres glissent sur la tringle. Je regarde de près les tuniques que l'on boutonne jusqu'au cou. La vendeuse en porte une elle-même. Elle me fait un sourire à émietter une porte blindée et chantonne :

– *You want to tly ao-dai ?*

Enfin, de l'anglais que je comprends ! Je lui rends à peine son sourire qu'elle m'en choisit une en évaluant ma taille d'un regard. Elle la glisse derrière le paravent d'essayage.

Ce n'est pas le tissu que j'aurais choisi mais en toute modestie l'ao-dai me va aussi bien que le fourreau noir à Rita Hayworth dans *Gilda*, vous savez, la silhouette d'Action Gitanes. Je sors et me regarde dans le grand miroir près de la caisse.

– *Vely nice !*

Elle doit le dire à tous les touristes, n'empêche qu'elle a l'air sincère. Elle s'approche de moi, enlève délicatement le chouchou qui entortille mes cheveux et y glisse un peigne en nacre cueilli sur un présentoir. Plan d'ensemble sur Lia la star aux formes moulées dans l'imprimé fuchsia assorti à ses joues brûlantes. Les yeux brillent, assortis eux aussi à la chevelure artistiquement relevée. Le cœur me serre que mon père ne soit pas là pour voir le spectacle.

– Whchiiiiiouououou !

Ralf est à la porte de la boutique, le regard admiratif :

– Tu es belle comme un bouton de lotus. Tu vas l'acheter ?

J'essuie d'un revers de main ce qui rend mes yeux scintillants. Je murmure que non, que je préfère attendre d'en voir d'autres pour comparer.

– Ta sagesse me confond, acquiesce le père de Jesse. Permets-moi de te prendre en photo pour l'envoyer à Gilles, mon ami et néanmoins ton géniteur !

Il peut être sympathissime, Ralf. Tout serait différent s'il n'était pas accompagné de ses deux sangsues...

Et crac, on s'en serait douté. Elles entrent dans la boutique au moment où Ralf règle son objectif. Trop tard pour t'enfuir, papillon ficelé dans la toile, l'araignée s'avance en agitant ses crochets. Jesse pousse un petit cri aigu, c'est la journée.

– Margaux, tu es métis ?

Elle se tourne vers Ralf et Aline et leur demande confirmation le plus sérieusement du monde :

– Sa mère est asiatique ? Pourquoi vous me l'avez pas dit ?

C'est qu'elle est rigolote, la petite choute.

Son père décolle brusquement la pommette de son Minolta et prie sa princesse de ne pas le déranger pendant la prise. Mince alors, c'est la première fois que je le vois s'agacer contre elle. S'agacer tout court, d'ailleurs. J'éviterai de le déranger quand il prendra une photo. Jesse insiste lourdement :

– Margaux, elle est asiatique, ta mère ?

– Non, elle est méditerranéenne pure huile d'olive, je fais. Remarque, elle a les cheveux noirs, mais là où ça coince, c'est qu'ils sont bouclés. Et ses yeux sont bleu saphir. Tu veux d'autres détails ?

Aline se croit obligée d'intervenir, des fois que je croquerais toute crue sa petite chérie trempée dans l'aïoli :

– Jesse te faisait un compliment : ce costume te va à ravir, c'est un fait.

Et tiens donc, elle suggère à sa fille d'en essayer un, elle aussi. À quoi Jesse résiste. Sous l'insistance de Maman-gros sabots, elle finit par souffler qu'il faut avoir de la poitrine pour porter ça. Enfin une parole sensée.

Chapitre 19

Un son mélodieux nous appelle dehors. Dans le temple jouent trois musiciens en costume d'apparat jaune vif brodé de dragons. Lia la captive s'assoit près de sa famille obligée, écoute sagement quelques instants, puis se lève tel le souple serpent et se glisse dans la cour. « Plan panoramique de la cour, zoom sur deux arbres aux fleurs blanches et crémeuses dont les pétales jonchent le sol. Lia ramasse les plus neuves, profitant d'une douce solitude. Les pétales sont de velours épais, avec un cœur jaune, et sentent... » mmm, l'odeur de la crème pâtissière que fait Mamouchka pour les cousins et moi. Mamouchka !

Je m'assois sur le banc juste sous l'arbre, mes fleurs sous le nez. Deux Vietnamiennes de mon âge en jupe et chemisier sages me regardent de loin. Elles se poussent du coude en gloussant, exactement comme mes copines et moi à l'école primaire, avant de mettre le cap sur le banc. La plus audacieuse m'aborde :

– *Ale you amélican ?*

Décidément je sens que je vais améliorer mon anglais, moi, ici.

– *Khong, Phap*, je réponds, toute fière de mon vietnamien.

Elles se regardent, gloussent de plus belle et me parlent à toute vitesse dans leur langue avant de s'apercevoir que j'ai déjà épuisé tout mon vocabulaire. Nous reprenons en anglais. Je comprends un peu celle qui m'a abordée mais pas un mot de ce que dit l'autre. Elles parlent toutes deux sans chercher leurs phrases. J'apprends qu'elles ont dix ans de plus que moi et qu'elles sont dans une école de commerce. Je comprends pourquoi elles espéraient que je sois américaine ! Nous continuons à communiquer, cascades de rires aidant, jusqu'à ce que ma famille obligée vienne me chercher pour partir.

– Tu as de la chance d'avoir pris anglais en première langue, me glisse Superbenête en catimini. Moi je fais russe.

– Pourquoi as-tu pris russe ? interloqué-je.

– Pour aller au collège Victor-Hugo. C'est le meilleur mais il n'est pas dans notre secteur. Et puis Maman dit qu'après le russe, j'apprendrai vite n'importe quelle langue.

– Sans problème, rétorque Lia la captive avec conviction.

Je préfère être hypocrite plutôt que de casser la baraque à une victime de la compétition scolaire. J'ai une pensée émue pour mon père : c'est lui qui est chargé du rayon « scolarité ». Point positif : il a le chic pour rendre le travail attrayant. Point négatif : sauf en physique où son humour s'est cassé les dents, même le noir.

Une marchande de cartes postales est installée dans la dernière cour. Elle a de jolies séries du temple, avec le bassin aux nénuphars que j'ai bien aimé et à prix raisonnable. Lia la captive demande à ses kidnappeurs de l'attendre. Aline en profite pour faire un deuxième essai :

– Tu ne veux pas aller avec elle en acheter pour moi, demande-t-elle à Princesse. Tu as juste le compte dans ton porte-monnaie. Je te rembourserai...

Jesse m'emboîte le pas. Plusieurs touristes étrangers et vietnamiens se bousculent devant l'étalage. Une géante blonde au visage embouillabaissé de chaleur me passe devant sans vergogne. Jesse se serre contre moi en me soufflant d'une voix angoissée :

– La femme, là, elle arrête pas de me bousculer !

Je coule un regard vers la tamponneuse, une Vietnamienne. Le visage fermé, elle ne regarde ni à gauche ni à droite. Ping, elle se presse encore contre Jesse et je vois distinctement sa main tirer sur le koala en peluche qui ouvre la glissière du mignon sac à dos.

J'ouvre la bouche pour protester mais seul un borborygme en sort. J'ai le réflexe de pousser Jesse à ma droite en lui enjoignant de rester là et de se mettre le sac à dos sur le ventre. La tamponneuse se retrouve à ma gauche. Je la regarde sous le nez sans réussir à rencontrer ses yeux. Elle commence à me bousculer moi aussi avec un aplomb monstrueux. Elle ne peut rien me piquer, j'ai laissé mon sac auprès de mes kidnappeurs et je serre mon poing sur mes dix mille dôngs.

Enfin c'est à moi.

J'ai du mal à décoller le billet trempé de sueur de

ma paume. Mes doigts tremblent. Je prends ma série de cartes et pousse Jesse en avant :

– Vas-y, je la surveille. Donne ton argent et prends tes cartes.

Jesse se précipite vers ses parents :

– Il y avait des pickpockets ! s'écrie-t-elle.

Et elle fond en larmes.

Il est grand temps de rentrer à l'hôtel. En cyclo-pousse, s'il vous plaît. Je déclare que c'est mon moyen de transport préféré à ce jour. Tel le bébé dans sa poussette, on affronte le paysage sans rien dans son champ de vision pour le gâcher. L'allure est douce, on admire la frondaison des arbres. Les gens vaquent à leur occupations sans remarquer votre présence. Ceux de la chaussée vous dépassent de même. Ainsi peut-on les observer de près, comme ce grand-père avec sa cargaison d'herbes sur le porte-bagages, ou cette famille entassée sur une seule mobylette : le père, la mère enserrant le bébé et la petite fille agrippée à ses basques.

À côté de moi, Supersimplette garde le silence. Toutes ses émotions ont eu raison de son dynamisme. Lia la captive en est fort aise, elle qui n'a pas de mal à s'imaginer princesse dans sa calèche, en route vers un mystérieux rendez-vous. Princesse ? Ce nom-là pue ! Je fronce les sourcils. Ma parole, même réduite au silence, il faut qu'elle me gâche mes rêveries. Impératrice, alors. Impératrice fait plus asiatique. Je cligne des yeux de façon à ne plus laisser passer qu'un rai de lumière où s'agitent les formes de la rue, ce qui rend les bruits plus présents. Impératrice vêtue de la soie rouge de ses noces, portée dans son palanquin doublé d'or vers son tumultueux destin. Surimpression du mot FIN en caractères chinois.

Chapitre 20

La porte de la chambre 15 refermée sur nous, Superchochotte retrouve quelques forces pour s'épancher :

– C'est horrible, ici. Les gens ne sont pas gentils comme à Bangkok. Ils sont durs. Il n'y a qu'à voir comment ils traitent les animaux.

Je lui rappelle qu'à Tchatchoutchak on colorie les œufs de Pâques alors qu'ils sont déjà éclos. Elle a un geste de stupeur. Je m'attends à ce qu'elle s'indigne de mon cynisme ; mais non, elle se demande juste de quoi je parle. Elle reprend :

– Au moins, les poussins n'en meurent pas. Quand on était en cyclo-pousse, j'ai vu une bonne femme avec je ne sais pas combien de canards attachés par les pattes sur le porte-bagages, la tête en bas. C'est dingue !

Elle passe du coq ou plutôt du canard à l'âne :

– Tu as l'habitude des pickpockets, toi, hein ?

Devant mes sourcils interrogateurs, elle renchérit :

– Quand je vais à Paris, j'entends des annonces dans le métro pour avertir les gens de se méfier.

Comment ne pas céder au plaisir d'abuser de la situation ?

– Oui, il faut faire super gaffe. Je tiens mon sac comme ça, dis-je en saisissant un oreiller et en l'agrippant contre mon cœur.

Elle fait une grimace. Je me raidis. Ouf, elle ne pleure pas, mais elle ajoute, crispée :

– J'aurais mieux aimé rester en Thaïlande. Je ne comprends pas pourquoi Papa préfère voyager au Vietnam.

Lia la captive suggère, perfide :

– Tu ne le lui pas demandé ?

Jesse hausse les épaules :

– Je sais déjà ce qu'il va me répondre. Un truc pour me faire rire qui n'aura rien à voir avec la question. Maman aussi je sais ce qu'elle dira : que je suis fatiguée, que je vois tout en noir à cause d'un seul incident mais que demain une chose super m'attend.

C'est finement observé. Elle n'est pas si bête qu'on croit, la petite choute, et peut-être pas plus libre que Lia la captive. Elle conclut :

– Je sais quand même mieux qu'eux ce que j'aime et ce que j'aime pas !

Je prends un ton jovial :

– Bon, écoute, si tu prenais ta douche ? Ton humeur va se requinquer sous l'eau fraîche.

Elle obtempère sans protester, peut-être aussi qu'elle profite de l'aubaine, vu le temps que je prends à squatter la salle de bains.

Pendant ce temps, je fouille dans mon sac de voyage à la recherche de mon cahier enfoui dans mes slips – on ne saurait être trop prudente. Un bruit de castagnettes me fait lever la tête. Un gecko ventousé au plafond avec ses pattes arrondies me salue, maintenant que nous sommes seuls.

« Extérieur jour : Lia la captive marche dans les jardins de la pharaonne Supertiti au soleil couchant. Vêtue d'un pagne blanc brodé d'or, elle lève les mains vers un grand oiseau à bec recourbé :

– Ô Ibis, emblème de Thot ! Porte-lui ma prière. Qu'il m'aide à supporter ce mois d'esclavage avant le retour de mon père !

Le grand oiseau s'élève majestueusement vers le ciel. La captive porte la main à sa poitrine. Plan intercalé où un poussin jaune d'œuf éclos de sa coquille symbolise son espoir tout neuf. »

Le cahier a à peine rejoint ma lingerie que la porte de la salle de bains s'ouvre. Supergarçounette a au moins un avantage, c'est qu'elle ne traîne pas à se pomponner. Si je voyageais avec Sybille, Charlie ou encore Fatou, la pire de toutes, la douche n'aurait pas été libre avant une heure.

Une fois sous l'eau froide je pousse un gigantesque soupir. Hahahahahaaaa. Je n'ai jamais eu autant la sensation de revivre, même quand j'enlève mes pauvres pieds fumants de mes grosses godasses après un crapahutage montagnard derrière le jules de ma mère. Et ce n'est pas peu dire.

Il faut avoir un courage d'acier trempé pour redescendre dégouliner une demi-heure plus tard à la réception. Ou bien ne pas avoir le choix : Patrick, l'ami de Ralf qui travaille ici, nous a donné rendez-vous à sept heures et demie. La porte de l'hôtel est ouverte ; la nuit est tombée, mais pas la chaleur. En attendant Patrick, le veilleur de nuit nous sert le thé d'ici, un jus fort et amer dans des tasses de poupée. Il sourit à Jesse, mais c'est à moi qu'il s'adresse pour me demander ce que je pense du Vietnam. Il s'exprime en français avec les tournures les plus recherchées tout en s'excusant de baragouiner de façon barbare : c'est ce qu'on appelle le raffinement asiatique. Il me rappelle qu'à mon âge, au Vietnam, il apprenait le français à l'école, ainsi que des refrains du style « Maréchal, nous voilà ». Je lui réponds que c'est à son tour de faire le maître d'école et je lui récite les chiffres en vietnamien. J'ai d'abord appris à dire mon âge, qu'on me demande tout le temps : *moé nam*. Puis les autres chiffres utiles au marchandage : *mot*, *haï*, *ba*, *bôn*, *nam*… etc. Monsieur Thiên rectifie ma prononciation mais quand j'ai fini, il applaudit. Je fonds sous son sourire, j'ai l'impression de le connaître depuis toujours. Comment se fait-il qu'un vieil étranger puisse vous paraître plus proche que votre propre grand-père ? Je n'ai connu que mon grand-père paternel. Il est mort d'un cancer quand j'avais dix ans. J'ai gardé le souvenir d'un vieux monsieur taciturne, au visage fermé : apparemment les enfants, ce n'était pas son truc. Ou peut-être souffrait-il de sa maladie ?

Chapitre 21

Je quitte à regret Monsieur Thiên quand Patrick nous rejoint avec une demi-heure de retard. Nous nous entassons dans un taxi pour aller à l'une de ses cantines où l'on sert une spécialité de nems fermentés. Les tables sont de simples planches de bois, mais nous ne sommes pas sur le trottoir, ce qui devrait réconforter Superdéçue.

Patrick est sympa. Bourru et bonne pâte, il nous montre comment dégager les serviettes rafraîchissantes à l'eau de Cologne, sorties du frigo, de leur sachet plastique hermétique. Il faut les faire éclater, schpong, exactement de la même façon que mes cousins ouvrent leurs paquets de bonbons Kréma. Chaque fois que plusieurs personnes s'installent à une table, crépite un réjouissant feu d'artifice.

Aline bombarde le résident de questions. Elle engraisse son savoir encyclopédique en écrivant les réponses dans les pages «notes» de son guide.

Mon fruit rose s'appelle dragon parce que la plante pousse le long d'un tuteur hérissé des fruits dont la peau recèle de petites crêtes et rappelle ainsi cet animal. Les Vietnamiens adorent les dragons, d'ailleurs c'est l'emblème du pays. La forme de celui-ci est censée rappeler l'animal, la tête à Hanoï et la queue à Hô-Chi-Minh-Ville.

Patrick nous invite à essayer d'autres fruits inconnus chez nous : la délicieuse pomme-cannelle, les ramboutans qui sont des litchis à l'écorce chevelue, le durian puant comme la peste dont le goût rappelle celui du parmesan – bonjour l'esprit d'aventure !

Nous apprenons qu'à midi nous avons mangé un feu qui s'écrit *pho*, la soupe traditionnelle vietnamienne. Il y a le feu *bo* au bœuf et le feu *ga* au poulet, pas plus difficile à se rappeler que le langage des Shadoks.

Aline, insatiable, demande quels sont les autres plats typiques.

– Le nem à la pâte fermentée que je viens de commander pour nous, rétorque Patrick. Le *cha que* ou porc grillé au-dessus des braises parfumé à la cannelle. Les œufs couvés sont réputés pour donner de la vigueur, quoique ce ne soit pas mon truc. Quand vous déchirez la coquille et que vous voyez le poussin achevé dedans, ce n'est pas très ragoûtant.

Jesse a un sursaut. Aline fait des yeux suppliants à Patrick. Imperturbable, il continue :

– Vous pouvez manger du chien, aussi. Plutôt ici, dans le nord et pendant la seconde quinzaine du mois lunaire.

Aline roule des yeux furibonds. Elle éclate d'un rire artificiel au profit de Jesse :

– Il plaisante, mon trésor. C'est de l'humour vietnamien ! Si Boubou était là, il se ferait mordre les mollets, hein ?

– Je ne plaisan… commence Patrick, mais Ralf le coupe pour lui dire qu'à part les conseils de dégustation, il en aimerait bien sur la baie d'Along, où nous partons bientôt.

On nous apporte les nems fermentés. Sans mentir, je trouve leur goût extra, pour éviter de dire super. Je me demande pourquoi Jesse les fait glisser intégralement dans l'assiette de son père.

Après que tout le monde s'est renseigné, ainsi qu'il sied à une modeste fille de location, je sollicite Patrick à mon tour et apprends le nom de l'arbre aux fleurs de crème : le frangipanier. Il m'explique aussi à quoi servent les billets que j'ai vu à des étalages, où il est marqué en anglais « Cent dollars, Banque de l'enfer » :

– Les Vietnamiens pratiquent le culte des morts. Un autel avec des offrandes est présent dans la maison, avec les photographies des ancêtres. Pour eux on fait brûler de l'encens et on leur offre des cadeaux en papier ; des billets, des voitures, des maisons, tout ce qu'il faut pour bien vivre dans l'au-delà !

Patrick rit à ma troisième question sur les Vietnamiennes. Elles ne se voilent pas, mais elles protègent chaque centimètre de peau du soleil pour garder une peau claire, ce qui est le comble du chic.

Il va bientôt en épouser une. Il raconte qu'elles ont beau travailler aussi dur que les hommes, elles restent soumises à leur mari et à leur belle-mère selon l'influence confucéenne chinoise. C'est pourquoi, conclut-il avec autodérision, beaucoup d'Occidentaux viennent chercher une femme ici. Quelle horreur ! Bien que, en ce qui concerne Patrick, je parierais mon assiette de nems fermentés que c'est lui qui se fera mener par le bout du nez.

Jesse fait remarquer d'une voix plaintive que les gens de la table à côté jettent leurs os de poulet par terre.

– Il ne faut pas t'étonner, la rassure Patrick de son ton paterne, c'est la coutume. Là où ça pose problème, c'est à l'hôpital public. Ici, il n'y a pas de Sécu, c'est la famille qui nourrit son malade. Je ne vous raconte pas les rats sous les lits.

– Patrick, tu sais, lui annonce Aline de sa voix pleine de bonne humeur, nous n'allons pas trop traîner. Nous avons marché toute la journée et les filles sont épuisées.

Elle perçoit mon mouvement de démenti et ajoute aussitôt, les yeux posés sur sa fille :

– Enfin, Jesse, en tout cas !

Chapitre 22

En rentrant à l'hôtel, nous trouvons le gardien, Monsieur Thiên, assis sur les marches. Il fume une cigarette roulée, le regard paisible. Son visage s'illumine pour nous de ce sourire qui me fait craquer. Nous montons l'escalier en silence. Jesse suit ses parents dans leur chambre, et j'en profite pour reprendre une douche. La chaleur était beaucoup plus supportable quand nous sommes sortis du restaurant, mais je ne me lasse pas de la sensation procurée par l'eau, celle de faire peau neuve à volonté. Quand je sors de la salle de bains vêtu du T-shirt qui me tient lieu de chemise de nuit, je m'aperçois qu'une main a éteint le plafonnier. La chambre est faiblement éclairée par la lampe allumée au chevet de mon lit; Aline est installée sur une chaise contre celui de Jesse, la tête à côté de la sienne, elle lui chuchote des mots de réconfort... à moins que ce soit une berceuse? Je murmure «Bonsoir» à tout hasard et me glisse dans mon lit. Quelques instants plus tard, Aline sort sur la pointe des pieds. Lia la captive s'émerveille d'entendre la respiration régulière de la petite choute: le pouvoir calmant d'une mère, tout de même! Moi je suis éveillée comme une puce affamée.

Je cède à une envie déraisonnable. Je me lève et me rhabille, ouvre la porte de la chambre sans bruit et descends sur la pointe des pieds à la réception. Je retiens mon souffle : Monsieur Thiên est toujours à la même place sur les marches qui mènent à l'entrée. À mon approche, il tourne la tête. Il se lève, se débarrasse de son mégot d'un geste rapide et me demande si j'ai besoin de quelque chose.

– Je n'arrive pas à dormir. Je peux rester un peu ici ?

Le son de ma voix me paraît aigrelet. La timidité. Sans répondre, Monsieur Thiên me pousse gentiment vers le canapé à fleurs où nous attendions Patrick tout à l'heure. Il soulève le couvercle de la petite théière sur la table, puis l'emporte en direction de la cuisine. J'ai gâché sa paix solitaire, sa conversation avec la nuit. J'avais rêvé de bavarder avec lui sur les marches, dans la pénombre. Mais à y réfléchir c'était impensable, pas convenable sans doute. Je soupire en pensant au nombre de moments uniques dont nous sommes privés par bête respect des usages. Monsieur Thiên revient avec la théière et une Thermos, prend une pincée de feuilles noires dans le buffet vitré derrière nous, prépare un nouveau thé avec des gestes lumineux. Il s'assoit à côté de moi et me fait son sourire d'ange :

– Toute la famille dort sauf la fille aînée ?

– Je ne suis pas la fille aînée. Mon père est l'ami de monsieur Ralf. Il devait être avec nous, mais… il est malade.

Mon hôte laisse échapper un « oh » attristé mais n'ajoute rien par discrétion. Il soulève une nouvelle fois le couvercle de la théière, nous sert deux dés à coudre et porte le sien à ses lèvres. Laissant de côté mon savoir-vivre, je lui demande s'il a des enfants.

– Mon fils est mort à la guerre contre la Chine en 79. J'ai une fille de trente ans qui est professeur. Mais elle ne gagne pas encore beaucoup, aussi est-ce pour cette raison que je travaille à l'hôtel.

C'est vrai, Monsieur Thiên a largement passé l'heure de la retraite. Cela ne m'avait pas choquée parce que nous voyons au marché et dans la rue nombre de grands-pères et de grands-mères livrés à de rudes occupations. Je murmure que je suis désolée pour son fils. J'ai l'impression d'être une éléphante piétinant les plates-bandes d'un vieux félin sans défense.

– Vous savez que l'histoire du Vietnam n'est qu'une longue suite de dominations et de guerres, me dit-il. Les Chinois, puis les Français, les Américains, puis encore les Chinois, les Cambodgiens...

Je sens mes joues s'empourprer. J'ai survolé on ne peut plus hâtivement les documents divers sur le Vietnam que m'a imprimés mon père à partir d'Internet. Je sais aussi bien que tout le monde qu'il y a eu une guerre horrible avec les Américains, mais je ne connais pas trop les détails. Je demande à Monsieur Thiên de m'en excuser.

Une lueur de surprise s'allume dans les yeux du vieux monsieur :

– Mais... votre père n'est-il pas vietnamien ?

Je secoue la tête. Le gentil grand-père se trouble, il accuse ses vieilles oreilles, il m'a mal comprise. Il m'explique comment les Français du temps de l'Indochine ont perdu le Vietnam lors de la bataille de Diên Biên Phu.

– J'y étais moi-même. J'en garde un petit souvenir, dit-il en me désignant sous son pantalon retroussé une cicatrice qui monte le long de la jambe.

Un sifflement m'échappe, et me sentant déplacée je porte vivement la main à la bouche. Monsieur Thiên se contente d'un rire léger, comme s'il venait d'évoquer une étourderie de jeune homme. Il regarde sa montre et fronce les sourcils d'un air qu'il veut sévère :

– Fille aînée devrait aller se reposer, l'heure est tardive.

Je me lève. Je l'embrasserais volontiers pour lui dire bonsoir mais je n'ose pas. Monsieur Thiên me fait un clin d'œil malicieux :

– Vous savez compter les moutons, n'est-ce pas ?

Spontanément je m'incline en un salut thaï :

– Bonne nuit !

Dans mon lit je me repasse tout le film en abusant des ralentis et des arrêts sur image. Je m'aperçois que j'ai oublié de boire mon thé, ce qui n'est pas plus mal si je souhaite m'endormir un jour. La conversation avec Monsieur Thiên a fait surgir autant de questions qu'elle m'a apporté de réponses. Par exemple, je me demande pourquoi il semble n'avoir aucune rancune envers les Français, alors qu'il a été blessé à la guerre de libération. Comment son humeur peut être si paisible, si souriante alors qu'il est obligé de travailler la nuit à soixante-dix ans, et que son fils…

Et pourquoi Monsieur Thiên a cru que mon père était vietnamien ? Mais après tout il serait plausible que des Français viennent visiter ce pays avec un ami vietnamien vivant en France, un *Viet Kieu* comme ils les appellent ici. C'est tout de même drôle que deux personnes m'aient prise pour une Eurasienne dans la même journée. Je me demande à quel point je pourrais l'être. Mes cheveux sont noirs ; loin d'être bouclés comme ceux de ma mère, mais pas raides non plus. Mes yeux sombres n'ont rien de bridé ! Et mon teint est clair. Ce qui trompe les gens d'ici, c'est que je suis plutôt petite pour mon âge, un mètre cinquante. Jesse me dépasse, même si son corps est un corps de bébé par rapport au mien. Si seulement je pouvais croire ma mère qui me jure que je peux encore prendre dix centimètres !

Je m'endors en pensant à elle et à mon père. Moi seule peut les réunir, en pensée.

Chapitre 23

« Chère maman des hauts sommets,

J'espère que tu reçois mes cartes. Toi qui préfères le sauna au hammam, tu n'apprécierais pas Hanoï. Trois pas suffisent à te transformer en serpillière prête à essorer. Je réponds aux questions que je t'entends poser d'ici :

Oui je pense à prendre les gélules que tu m'a données. Pour le Lariam, Patrick, l'ami de Ralf, dit que ce n'est pas la peine si on ne va pas dans le nord-ouest. Pour l'instant je n'ai pas vu un seul moustique.

Oui, le pays est super (ahahah). Non, je rigole parce que c'est une phrase typique de Jesse alias Superchochotte.

Justement là où le bât blesse, c'est que cette fille est cucul comme c'est pas permis. Oui je sais, « les gens gagnent à être connus ». Crois-moi je résiste à la tentation, de la prendre en grippe et j'ai du mérite. Aline c'est le genre « je positive ». Sale manie de s'adresser à sa fille comme si elles étaient seules au monde. Je garde Ralf pour la fin, il est gentil, drôle et attentif. S'il n'était pas là…

Le premier jour j'ai essayé le costume traditionnel des Vietnamiennes. Tu verras je suis d'enfer dedans : j'en achèterai un après avoir COMPARÉ *les prix !*

La cuisine est délicieuse dans les cantines de rue. Pendant le repas les regards sont braqués sur nous. Ralf dit qu'ils ne comprennent pas que nous mangions dans la rue alors que nous sommes cousus d'or. Moi je crois qu'ils sont curieux de voir comment on se débrouille avec leurs baguettes.

Des dizaines d'hommes et de femmes se baladent avec des balanciers, la baguette sur l'épaule, à tout petits pas, on voit que ça pèse trois tonnes. Où cachent-ils leurs muscles? Ici les gens sont fluets et personne ne dépasse un mètre soixante-dix, même les hommes. Pour une fois, je ne fais pas naine!

Demain on part pour la baie d'Along. Je regrette Papa tous les jours. Mais oui, toi aussi Maman, mais tu n'étais pas censée être là. Je te laisse ou je vais m'attendrir.

Mamours géants,
Ta fille adorée»

«Cher Papounet d'amour,

J'espère que le séjour à Amélie-les-Bains te fait du bien. Reçois-tu mes cartes? Nous sommes à Hanoï depuis une semaine. Ce que j'ai préféré c'est le théâtre de marionnettes d'eau. J'avais peur que ce soit débile mais en fait c'est aussi beau qu'un ballet de danse, les personnages font des mouvements incroyables en retombant avec une pluie de gouttes de façon comique et poétique à la fois. Les manipulateurs sont balèzes. Je suis sûre que tu pourrais faire un film génial avec ça. Bon, les temples bouddhistes c'est toujours pareil, du bois sculpté et des saladiers de métal pour vingt personnes remplis de sable où sont piquées les baguettes d'encens. On n'a pas visité la momie d'Hô Chi Minh, dommage. Ici ils l'appellent l'oncle Hô, c'est leur général de Gaulle.

Le trottoir sert de salle de bains: des femmes se peignent et s'entr'épilent les cheveux blancs sur un tabouret. De garage : tu enjambes la bassine du garagiste en train de vider la chambre à air du client dans l'eau pour repérer la crevaison. D'atelier de vitrerie : les vitres sont coupées au diamant à même le macadam. Et de salon, mais ça c'est pareil à Puynérac chez Mamouchka. Tu vois, je profite à fond de la vie pittoresque. Il y a des arbres avec des racines qui sortent de terre sur plusieurs mètres comme dans Sleepy Hollow *: va savoir quel monde infernal vit dessous.*

Les gens ici ont la classe. Quand ils sourient on dirait que la lune sortie du nuage se lève sur le paysage romantique : hein, je n'ai pas oublié ce que j'ai appris avec Poupard cette année !!! Une vieille femme assise sur le trottoir en train de s'éventer avec un morceau de journal, eh ben ta Lauren Bacall dans Le Grand Sommeil, *c'est une fille de ferme à côté. Les jeunes femmes sont la féminité incarnée. Je les observe de près pour te faire une démonstration.*

Tu me manques affreusement. Guéris vite. Je vais faire un vœu pour toi quand je plongerai pour la première fois dans le golfe du Tonkin. Demain ou après-demain.

Ta Margaux qui voyage avec toi»

Chapitre 24

Dernier soir à Hanoï. Nous dînons tôt avec Patrick dans un restaurant où on sert du poulet grillé. Superbenête en reprend deux fois et le trouve super. Marionnettes et poulet grillé, le Vietnam remonte dans son estime. Nous sommes de retour à l'hôtel à l'heure où d'autres commencent leur soirée. Monsieur Thiên sur le canapé sirote son dé à coudre avec un autre vieux monsieur. Je demande à Ralf de me prendre en photo avec lui. Je note son adresse. Je la lui enverrai avec une belle carte de Paris quand je serai rentrée.

En sortant de la salle de bains, Lia la captive trouve Supercollectionneuse en train de classer ses étiquettes de bouteilles d'eau. En dehors de «La Vie», l'orthographe minérale vietnamienne lui a déjà livré quelques autres de ses fantaisies: le Vif, la Viole, la Vide, la Vieille, la Vue, le Veau! J'en profite pour allumer la télévision. «Après le flash d'informations, TV5 vous propose de regarder *Fanfan la Tulipe*», annonce une aimable speakerine.

– Tu vas voir, c'est un film des années cinquante en noir et blanc avec Gérard Philippe. Ringard mais marrant, je l'ai vu chez mon père en vidéo, informé-je ma compagne de chambrée.

Supergobe-mouche mord à l'hameçon :

– Si Papa-Maman permettent.

– Va leur demander, répliqué-je en toute logique.

– J'irai si tu viens avec moi, me sort aussi sec Superchipie.

Prise de court, je cache mon embarras sous un OK désinvolte.

Nous frappons à la 17. Ralf nous ouvre. Aline, qui ne s'attendait pas à ce que sa fille soit accompagnée, passe un T-shirt sur son soutien-gorge.

– Margaux voudrait regarder le film sur TV5, susurre Supertraîtresse de sa voix flûtée.

Commentaire mécontent d'Aline, « Tu dois être en forme pour voyager demain » ; propos tempérant de Ralf, « Ta fille est en vacances » ; argumentations diverses. Aline cède après s'être enquise du film, convaincue que derrière son titre cuicui-les-p'tits-oiseaux ne se cache aucune horreur susceptible de donner des cauchemars à sa fille. Si elle savait que j'ai adoré *Léon* où l'héroïne de quatorze ans est amie avec un tueur, elle ne nous laisserait pas allumer la télé !

Au moment de quitter la chambre, l'adresse d'une enveloppe, posée sur le sac de Ralf, m'attire l'œil. Je ne me trompe pas : c'est bien le nom de ma tante, Marie Colombe, et son adresse. Qu'est-ce que Ralf peut bien avoir à lui écrire ? Je ne savais même pas qu'ils se connaissaient.

Cette question m'occupe pendant un bon quart du film sans que je trouve de réponse satisfaisante. Je comprendrais que Marie lui écrive, pour lui donner des nouvelles de mon père, et encore… Jesse, à côté de moi, ne boude pas son plaisir, à en juger par ses commentaires subjugués.

Quand nous éteignons les feux à une heure scandaleuse, sa voix de piaf perce l'obscurité :

– Margaux ?

– Mmmm, qu'est-ce qu'il y a ?

– Merci pour ta bonne idée ! C'était super.

– Super. Allez, bonsoir.

Lia la captive retient un rire étouffé. Si on m'avait dit il y a une semaine que Supersuper me dirait super, à moi !

Le lendemain, malgré les cernes que scrute avec inquiétude Aline sur le visage de sa fille, celle-ci affronte gaillardement le voyage en bateau jusqu'à Cat Ba. Pourtant, il commence mal : nos places numérotées sont occupées par une famille nombreuse qui a fui ses propres places inondées de vomi. Nous nous retrouvons à passer le trajet debout sur le mince pont qui court le long du bateau où sortent comiquement, les uns après les autres, les passagers qui éprouvent le besoin de prendre l'air. L'eau bat les flancs de notre embarcation avec allégresse. Une femme, devant moi, après un rire embarrassé, vomit tout ce qu'elle peut par-dessus la rambarde. Ce geste crée un drôle de contraste avec ses attitudes maniérées. Je me cramponne à une tige de métal sous la fenêtre des passagers à chaque embardée. Aline, un peu plus loin, met un mouchoir sous le nez de Jesse l'air piteux. Cette dernière réussit tout de même à contenir son estomac jusqu'à ce que nous abordions à Cat Ba, de trop longues minutes plus tard.

Nos compagnons de voyage nous piétinent sans vergogne pour sortir. Heureusement nous ne sommes pas pressés. Nous avons retenu notre hôtel depuis Hanoï. Chambre modeste, mais la vue de la terrasse est à se pincer le bras pour s'assurer qu'on ne rêve pas. Le hic, c'est que c'est une chambre pour quatre. Lia la captive serre les dents, songeant que cela aurait pu être encore pire : un grand lit au lieu de deux lits séparés, l'angoisse !

Je pose mon sac et sors sur la terrasse en refermant la porte-fenêtre derrière moi. Le vieux carrelage aux motifs moutarde et vert me rappelle celui de la cuisine de Mamouchka. Il y a même un bougainvillier enroulé autour du pilier d'angle ! J'embrasse les fleurs d'un violet profond en leur disant de transmettre mes pensées à leurs lointaines parentes de Puynérac, à quelques milliers de kilomètres de là. Je ferme les yeux et, roulant les feuilles en forme de cœur entre mes doigts, m'imagine que je suis là-bas, d'autant plus facilement qu'ici la chaleur est clémente. On est bien loin du climat étouffant d'Hanoï. Je rouvre les yeux. Devant moi scintille une mer couverte de sampans. L'horizon est souligné en pointillé par des rochers comme je n'en ai jamais vu. C'est terrifiant de recevoir une telle beauté sans personne qu'on aime pour la partager. Derrière moi, un grincement de porte se fait entendre. Ralf rappelle Jesse en hâte. La porte se referme. Un instant de plus je goûte ma solitude salée dans cet endroit magique.

Chapitre 25

Nous atteignons la plage de Cat Ba à quelque sept cents mètres de l'hôtel par une route qui monte entre deux rochers «aux formes extravagantes», selon le style lyrique du guide d'Aline.

Non loin de l'endroit où la route s'achève dans le sable nous devons payer notre passage à une petite cahute. Le double du prix que paye un Vietnamien; c'est la règle pour tout billet d'État vendu aux étrangers dans ce pays: train, musée, hôtel...

La baie où nous arrivons est toute mignonne. Il n'y a pas trop de monde, exclusivement des Vietnamiens amassés au bord de l'eau. Il suffit à Lia la captive de parcourir à la nage quelques mètres pour être maîtresse d'un grand territoire bleu avec vue sur la plage. Et si les Vietnamiens ne quittaient pas le bord parce qu'il y a des requins?

Quelqu'un progresse vers moi d'un crawl régulier: Ralf, bien sûr. Dans son sillage Aline et Jesse suivent en brasse coulée.

Il émerge à côté de moi, les cheveux épissés sur le crâne.

– Tu as rudement bien fait d'emporter tes lunettes

de piscine ! me fait-il remarquer. Ici l'eau est trouble à cause du ressac, mais en mer de Chine nous aurons l'occasion de voir de beaux poissons si le cœur t'en dit.

Mon exclamation le fait sourire. Je me remets à mon dos crawlé, pas assez vite pour ne pas entendre Jesse crier à son père que « l'eau est super chaude, c'est super. »

De retour avant ses kidnappeurs sur la plage, Lia la captive observe la foule à l'abri derrière ses lunettes de soleil. Des filles de mon âge s'encouragent à se tremper dans l'eau en poussant force petits cris comme si l'eau était à dix degrés. Elles ont la même attitude enfantine que leurs cousines de Hanoï, celles du temple de la littérature, plus la grâce maniérée de ma voisine de bateau. Et ce vieil homme, son dentier dans une main, qui sautille dans les vagues à dix centimètres du bord avec une expression béate sur le visage ? Et ce couple qui se tient par les poignets, les yeux dans les yeux, de l'eau jusqu'à la taille, et ondule au rythme des vagues ? De vraies séquences de cinéma... Si mon père était là, il aurait déjà cité Tati, Ozu, De Sica et je ne sais quelle autre référence filmographique. Il cite un film à chaque moment de la vie, c'est exaspérant. Oh, Papa, si seulement tu étais là !

Je ramasse du sable dans mes mains en conque et le jette en l'air devant moi. Sur le grand rocher qui borde la baie, des silhouettes marchent le long d'un chemin suspendu à la pierre.

Je cherche des yeux ma famille obligée. Là-bas, ces

deux têtes rapprochées, ce sont Aline et Ralf. Jesse est en train de sortir de l'eau. Je m'élance vers elle :

– Tu diras à tes parents que j'ai été voir ce qu'il y a derrière la baie.

– Je veux venir avec toi, fait Superenquiquineuse.

– Ah non !

Le cri du cœur m'a échappé. J'enchaîne très vite :

– Écoute, tes parents ne sont pas au courant ; ils s'inquiéteront en ne nous voyant plus et c'est sur moi que ça retombera. De toute façon il faut quelqu'un pour garder les affaires.

– Tu me laisses toute seule ? essaie-t-elle encore.

– Je ne vois pas ce qui peut t'arriver. Tu n'es pas bébé à ce point-là ? lui lancé-je sans pitié.

Son visage s'assombrit tandis qu'elle remonte vers notre tas d'habits.

Je parcours le sable jusqu'au chemin de bois accroché à la paroi par d'épais cordages. La mer scintillante se balance au-dessous de moi. La plage est amusante à contempler du haut de mon perchoir. Au détour du rocher se dévoile une autre baie formée de deux petites anses. Je laisse échapper un long « Waououhouhouh ».

Depuis combien de temps ne me suis-je pas manifestée ainsi, moi que ma mère appelle la mouette crieuse ? En y pensant, un frisson me parcourt le dos : à force de se vouloir poupée de chiffon, Lia la captive m'en ferait devenir une.

Je continue à marcher tout en me disant que ce n'est pas raisonnable : le chemin pour arriver à la deuxième plage est le double de celui que je viens de parcourir. La paroi de ce côté-ci est envahie de végétation, d'arbres aux racines plongées dans des failles du rocher. Mon cœur s'arrête en percevant un chant aimé entre tous :

– Tssssé ! Tsssssé !

Je ris toute seule. Celles d'ici semblent lâcher un long ressort, à la différence de celles de Puynérac, qui scient un interminable tronc : « tssé-tssé-tssé-tssé ». Mais ce sont bien des cigales, qui me font un signe d'amitié comme les bougainvilliers de la terrasse. Je fronce les sourcils en voyant des gens qui remontent de la deuxième plage. Je rebrousse le chemin, je n'ai pas envie de les croiser.

Arrivée au tournant où disparaît la plage entrevue, j'entends leurs voix animées derrière moi. Je ralentis pour les laisser passer... les gêneurs n'arrivent pas. Les voix baissent de volume paraissent chuchoter. Je me retourne : deux Vietnamiens en maillot de bain me regardent, hilares. Ils doivent avoir entre dix-sept et vingt-cinq ans.

– *Whele ale you flom ?* me demande le plus déluré.

– *Phap*, je réponds : la routine.

Deux minutes plus tard ils m'encadrent comme s'ils étaient mes cousins. Sauf que mes cousins sont moins collants et ne me posent pas ce genre de questions débiles :

– *Do you want to maly me ?*

Dans tes rêves, je réponds en français. En internationo, je fais la grimace. Et en anglais, je dis :

– *I am too young !*

Ils ne m'inquiètent pas pour deux dôngs. Je pourrais les faire tomber tous les deux d'une chiquenaude, je me sens plutôt dans une scène de Charlie Chaplin que dans une séquence de *Jack l'éventreur*. Je profite de ce que nous sommes arrivés au-dessus de notre plage pour désigner du doigt ma famille de location en train de bronzer :

– *Here is my family*, fais-je suavement.

Ils s'éclipsent avant que je puisse faire les présentations.

Chapitre 26

J'attaque bille en tête, au cas où quelqu'un aurait quelque chose à me reprocher :

– J'ai trouvé une autre plage derrière celle-ci. Elle est plus grande et beaucoup moins peuplée ! C'est génial, non ?

Mon ton enthousiaste devrait plaire à Aline. Elle se dresse sur un coude, me jette ce regard dont je semble avoir l'exclusivité :

– Avec qui parlais-tu sur le rocher ?

Lia la captive trouve qu'elle n'est pas ma mère pour me parler sur ce ton suspicieux. Ma mère d'ailleurs ne s'adresse pas à moi de cette façon. Exprès, j'y mets de la désinvolture :

– Oh personne, des dragueurs locaux…

Aline s'assoit d'un coup de reins.

– Il me semble avoir eu l'occasion de t'expliquer que nous sommes responsables de toi, Margaux. Tu aurais pu au moins attendre que nous soyons revenus de l'eau pour nous avertir. Et puis cela aurait permis à Jesse de venir avec toi puisqu'elle en avait envie.

Nous y voilà pour le vrai motif, car tu te moques bien de ma sécurité, pensé-je tandis que je soutiens le regard d'Aline. Supercafteuse, de son côté, évite de croiser le mien, ben tiens. J'ouvre la bouche pour déclarer que j'avais envie d'exploration en solitaire, mais Ralf ne m'en laisse pas le temps :

– Nous allons profiter de ton scoop. J'adore m'échouer sur les plages désertes.

Il n'a pas levé la voix mais son geste pour empoigner les affaires de plage est tant soit peu brusque. Il part sans se retourner, suivi de Jesse, et nous restons bêtes, Aline et moi, avant de bouger à notre tour.

Quelques heures de nage et lézardage plus tard, sans compter le déjeuner sur la « Croisette » de Cat Ba, l'ambiance est plus calme. Dans l'unique chambre d'hôtel, Superlécheuse s'est endormie sur son Balzac – elle s'avance sur le programme de première –, Aline et Ralf bouquinent sur la terrasse et Lia la captive allongée sur son lit lâche la vapeur par sa soupape de sécurité :

« Extérieur nuit, salle voûtée en ogive, petite fenêtre où se voit un croissant de lune. Vampira comme toutes les nuits suce le sang de Lia la captive. Juste ce qu'il faut, pas une goutte de trop, pour la faire durer tout l'hiver, lui explique-t-elle avec cruauté.

Plan suivant, extérieur jour. Même décor gothique mais il a perdu toute horreur à la lueur du soleil matinal. Les sombres toiles d'araignées redeviennent de vulgaires indices de la négligence ménagère à la merci d'un simple coup de balai.

Lia crache sur le cercueil fermé de Vampira. Une torche à la main, elle se dirige vers une tenture qu'elle soulève et s'enfonce dans le tunnel qui rejoint le village. Elle travaille à évacuer l'éboulis qui l'empêche de passer.

Plans suivants : soir après soir, la main de Lia qui enlève les pierres est de plus en plus diaphane. Suspens. »

Je remets mon cahier bien au chaud dans son nid de coton Petit Bateau et me glisse hors de la chambre. Tel le « rat » de l'Opéra du feuilleton d'Aline, j'aime explorer, dans les endroits où je vais, un peu plus qu'il n'est permis. Dans les musées je pousse une porte et je découvre un trésor de statues en restauration. Au lycée je furète dans la salle du théâtre et dans les labos non surveillés en compagnie de Charlie et Fatou.

Je monte l'escalier, condamné à l'étage supérieur par une porte de fer. Elle est entrouverte, je pousse, je poursuis l'ascension. Bingo, je suis sur le toit plat de notre hôtel ! Hôtel est un nom pompeux pour un restaurant qui ne possède qu'un étage avec deux chambres. En attendant, ici, c'est une terrasse bordée d'un mur où sèche du linge. J'ai la belle vue pour moi toute seule. Mes sauts de biche de future étoile sur le toit de l'Opéra de Paris sont stoppés en plein vol par un éclat de voix.

Je m'approche en silence du muret de pierre, me penche : Ralf et Aline sont sur la terrasse en dessous de moi, à un jet de crachat.

– Calme-toi, tu vas réveiller les filles.

C'est Ralf, la voix mécontente. Et Aline :

– Alors prends-moi au sérieux. Je te dis que je n'en peux plus, moi, de cette ado en crise. Elle me gâche mes vacances… Celles de Jesse aussi d'ailleurs.

Je me rejette en arrière et j'écoute, blottie contre le muret.

Ralf, apaisant :

– Je trouve que tu exagères. Jesse est contente qu'elle soit là.

Aline :

– Mais tu ne vois pas que ta fille se fait constamment rabrouer ? Elle avait vraiment besoin d'un supplément, avec ce qu'elle vit en classe depuis trois ans.

Ralf :

– Justement. C'est peut-être utile pour elle de comprendre pourquoi elle se fait toujours exclure par les autres filles. Au moins, ici, nous pouvons limiter les dégâts. D'ailleurs c'est toi qui me fais parler de dégâts. Margaux ne rejette pas Jesse, elle a assez à faire avec elle-même, c'est tout.

Aline :

– Oh mais je préfère qu'elle ne s'en occupe pas, si c'est pour l'inciter à regarder la télé ou draguer sur les plages. Quant à ses problèmes personnels, parlons-en. Elle a sûrement de bonnes raisons de se murer dans une opposition systématique... Ce que je vois surtout, c'est qu'elle nous fait payer son mal de vivre.

Soupir exaspéré de Ralf :

– Tu exagères. Quelle opposition systématique ?

Aline :

– Oh, toi, ta façon de régler les questions c'est de les ignorer. Elle ne profite pas du voyage. Tu évites de le reconnaître parce que tu n'as pas pu refuser la mauvaise idée de Gilles.

Ralf :

– Imagine ce que cela aurait représenté pour lui, si

Margaux avait pu rencontrer la famille Nguyen. Et même sans cela, le Vietnam…

Une main me touche l'épaule, me fait sursauter. La fille de l'hôtel me parle. Je ne sais pas ce qu'elle dit mais ses gestes, eux, sont très clairs : je n'ai rien à faire ici ! À la bassine de linge mouillé posée par terre, je comprends pour quelle raison j'ai trouvé ouverte la porte de l'escalier tout à l'heure. Il est clair qu'elle la refermera à clef en partant.

Je m'enfuis en bredouillant « *Sin loye* ». Si je ne me trompe pas, cela veut dire « Excusez-moi ». À travers les mille questions qui m'embrouillent l'esprit, l'urgence de me trouver seule sans comptes à rendre me fait agir en somnambule. Je reviens sans bruit dans la chambre plongée dans la pénombre, prends mon porte-monnaie dans mon sac à dos. Fébrilement j'arrache une page du carnet à spirale où je note le vocabulaire. J'y griffonne un mot, la pose en évidence sur le lit de Ralf.

Et je taille la route.

Chapitre 27

Aller jusqu'à la plage ne me prend pas plus d'un quart d'heure. Je tends mon billet de cinq mille dôngs au vendeur dans sa cahute, qui me rend la moitié de la somme tout en continuant à parler avec deux autres gars. Seule, avec mes lunettes de soleil, je peux passer pour une Vietnamienne !

L'unique endroit à l'ombre dans la dernière crique est sous l'auvent d'un café qui loue les motos de mer. Nos oreilles estourbies de pétarades nous ont appris ce matin que la moto de mer est un must pour le jeune Vietnamien mâle dans le vent. Mais je ne suis pas d'humeur à me faire aborder par l'un des consommateurs qui sirotent leurs sodas, là-bas.

Je fourre mon porte-monnaie dans un trou de rocher, là même où Jesse conservait ce matin une sélection de coquillages, et recouvre l'ouverture d'une pierre. Ma serviette de bain est restée à sécher sur la terrasse et je n'ai pas mon maillot mais on ne me prendra pas pour une hurluberlue car j'ai vu deux jeunes filles se tremper tout habillées. Je m'élance avec gratitude dans l'eau. Je porte ma longue robe boutonnée sur le devant. Après quelques brasses, j'en noue les pans à la taille, de toute façon l'eau est déserte au-delà de cinq mètres à partir du bord. Je nage, écartant toute pensée. Sensation tant de fois éprouvée dans ma Méditerranée d'être un chat nouveau-né progressant sur un ventre géant à la recherche du téton nourricier. Je fais plusieurs allers-retours en travers de la petite anse. Aucune inquiétude de me faire tronçonner, ce n'est pas l'heure pour les motards d'eau. Quand j'ai dépensé assez d'énergie je sors de l'eau, essoufflée. Je m'adosse au rocher et croise sur mes yeux deux longues mèches de cheveux, ainsi personne ne viendra me déranger. Derrière mes paupières fermées, j'examine TOUT.

J'imagine la rage d'Aline en lisant mon mot:

«Je reviens dans une heure. Margaux.»

Pourtant il n'a pas été écrit avec l'intention de lui faire «payer mon mal de vivre». Je l'ai haïe quand elle a prononcé ces mots, et d'autres qui font mal, style «ado en crise». Cette femme est tellement sûre d'elle-même. «Le genre qui ne doute pas», dirait mon père. Sans compter son invention pure et simple que je ne pense qu'à me faire draguer. Jalouse. Oui, grosse jalouse, parce que ta fille est attardée mentale, et par ta faute en plus. Tu n'as pas une once de générosité pour les autres, tellement tu as peur pour ta fille adorée, ta princesse au petit pois. OK, jalouse s'applique à moi aussi, parce qu'il n'y en a que pour Jesse. Mais après tout, il est normal que j'aie besoin d'affection. Je suis jeune encore!

Je suis désagréable à vivre, c'est vrai. Un sourire me monte aux lèvres. Malgré ma colère, je me suis sentie soulagée en entendant «noir sur blanc» ce qu'Aline me reproche. Jusqu'ici tout le monde a fait semblant, eux de ne rien voir et moi d'ignorer que je me comporte en peste. Au moins, maintenant, la guerre est déclarée. Ou tout comme.

Je m'aplatis sur le ventre le long du rocher afin que sèchent mes fesses trempées. La tête dans les bras, je songe à la mise à l'écart dont Jesse est victime au lycée. Pas étonnant, si elle est aussi suçeuse avec les profs qu'avec ses parents :

– Oh, un contrôle de maths, super !

J'enfonce mes orteils dans le sable, mal à l'aise en repensant à Maggy. Maggy était ma copine, au début de la cinquième. Mais elle se laissait trop faire, elle était molle et peu à peu elle s'est mis le groupe des filles à dos, mené par les « leadrices » de la classe, Sabrina et Samira. Les deux commères ont fait circuler un sondage en plein cours : « Est-ce que tu aimes Maggy ? » avec tous les noms de la classe, une colonne oui, une colonne non. Tout le monde a coché non, garçons et filles, moi y compris… Mes joues poudrées de sable s'empourprent. On est faible en cinquième.

En cinquième seulement ? Cette année, en seconde, Kevin n'était pas franchement intégré, lui non plus. Le pauvre, il a tout contre lui : surcharge pondérale, manie d'attirer l'attention sur lui en cours, en levant le doigt et en criant, en récré manie de se vanter, manie d'intervenir quand tu poses une question de cours à un pote : « Je sais, je sais, moi, je peux t'expliquer ! » C'est ça Kevin, sois gentil, va voir ailleurs si j'y suis ! Il a dit à Darco qui me l'a répété qu'il se faisait battre par son père…

Une giclée de sable picote mes jambes. Ce n'est

qu'un petit garçon poursuivi par sa grande sœur. Si j'ai fait payer quelqu'un, c'est surtout Jesse, en somme. Elle me sert de paravent anti-Aline. Je rejoue Charlotte Gainsbourg avec son souffre-douleur dans *L'Effrontée*...

L'heure doit être largement entamée. Au mépris de mes vêtements qui sont juste secs je reprends un bain. Il me faut rincer cet écheveau de pensées. Le chemin du retour me séchera. Au moment d'entrer dans l'eau me revient cette histoire de famille vietnamienne dont a parlé Ralf. Famille Nguyen. Il était important pour mon père qu'on me présente cette famille. Pourquoi? L'hypothèse d'un parrainage d'enfant vietnamien se présente à mon esprit. On en voit tous les jours dans les magazines... mais ce n'est pas le style de mon père. Et la lettre adressée à Marie? Si elle a un rapport avec l'histoire, c'est sans doute qu'on l'a chargée de transmettre que ça ne marche pas, pour adoucir la déception de mon père. Mais quelle déception? Plus je cherche, moins je trouve.

En remontant la route au frais dans ma robe mouillée, je me demande comment éclaircir ce mystère. Mais ce n'est pas le moment de jouer au détective. Les yeux fixés sur la première maison de Cat Ba qui vient d'apparaître au bout du tournant, Lia la captive se prépare à la Grande Explication.

Chapitre 28

Mon cœur bat plus vite à mesure que j'approche. La peau me démange de sel. L'hôtel est devant moi. Une douleur me tord les boyaux tandis que je monte l'escalier qui mène à la chambre.

Ils sont tous là. Ils jouent aux cartes sur le lit de Jesse. Sur la table de nuit, des sodas, un sac en plastique rempli de minibananes. « Ils ont acheté des munitions pour tenir le siège », pensé-je bêtement. Et aussi « ils n'ont pas du tout l'air inquiets de ce qui aurait pu m'arriver ».

Je frappe, je pousse la porte. Les trois têtes se tournent vers moi. Atmosphère épaisse. Ralf m'accueille d'un :

– Tiens, voilà notre fille de l'air ! accompagné d'un sourire mi-mangue, mi-corossol à sa sauce.

Aline me désigne mon lit en me faisant signe de m'asseoir. Sa voix est glaçante de calme :

– Nous avons des choses à mettre au point, Margaux, tu es d'accord ?

La question n'attend pas de réponse. Je m'assois.

– Peux-tu nous expliquer le sens de ce que tu viens de faire ?

Le sens de ce que tu viens de faire. Toujours son côté instit, les mots exacts à employer ! Je regarde fixement la tablette aux bananes :

– J'étouffe, moi, avec vous. Je n'ai pas l'habitude qu'on me traite comme une gamine.

J'arbitre dans ma tête : « Margaux, un ; Aline, zéro. » Mon père et moi utilisons cette façon de compter les points lors d'un désaccord. C'est dans *Cookie's fortune*, de Robert Altman. J'en profite pour vous recommander ce film du début à la fin.

– Parce que tu trouves que tu viens d'agir de façon responsable ? C'est responsable d'inquiéter la famille à qui tu es confiée ?

Le ton va crescendo. J'adopte un profil bas :

– Évidemment non. Je sais que ce n'est pas correct.

Margaux, un ; Aline, un. Elle a un geste agacé :

– Eh bien alors ? On ne t'a pas appris à parler si quelque chose ne va pas ?

Merci pour mes parents ! Je la regarde en face :

– Tu ne donnes pas envie de parler, on sait d'avance que tu auras raison !

Margaux, deux ; Aline, un.

Le visage de Jesse est tendu vers moi. Attrape, bébé, et prends-en de la graine. Maintenant que l'action a commencé, je me sens en possession de tous mes moyens pour tenir tête à Gretchen SS. Ralf coupe Aline sur le point de protester. Il intervient, d'une voix théâtrale :

– Eh bien, mademoiselle Margaux, l'occasion est arrivée. La maison vous garantit une écoute exceptionnelle en ce jour du…

Il regarde sa montre :

– 25 juillet 2002, 5 heures p.m.

Sa constance à désamorcer toute tension est agaçante, même si j'ai apprécié son accueil tout à l'heure. J'avale ma salive :

– Je suis d'accord que j'ai tendance à provoquer...

Aline et Ralf s'entre-jettent un coup d'œil. Ils doivent se demander si j'ai pu entendre leur conversation pendant la sieste.

Je continue :

– ... mais toi, Aline, tu prends de travers tout ce que je fais. Tu surveilles... J'ai l'impression d'avoir cinq ans. C'est sûr que j'ai envie d'en rajouter !

Grand silence. Margaux, trois ; Aline, un. Cette dernière interroge, la voix rauque :

– Au point de te laisser perdre en pleines puces de Bangkok ?

Je m'entends crier :

– Mais je ne l'ai pas fait exprès ! Tu me prends pour une débile ou quoi ?

– Non, seulement pour une égoïste, réplique Aline aussi sec, sans hausser le ton.

Ralf surgit entre nous, levant les bras :

– Stoooop ! s'égosille-t-il sur plusieurs notes façon chanteur d'opéra. Vous n'êtes pas toutes seules. Puisque vous nous faites subir vos querelles, mesdames, laissez-nous y mettre notre grain de sel.

Il se tourne vers sa fille :

– À toi l'honneur, Jesse. Qu'est-ce que tu en penses ?

Pour une fois il l'appelle par son prénom. Elle prend la chose très au sérieux :

– C'est vrai que Margaux n'est pas très sympa ; elle

ne fait pas d'effort pour s'intégrer. Et c'est vrai que Maman, tu es trop sur notre dos.

Elle regarde Aline, consciente que son « notre » doit la surprendre encore plus que Ralf et moi.

– C'est vrai, Maman, tu as tout le temps peur pour tout. Tu ne te rends pas compte que moi non plus, je ne suis plus un bébé !

– C'est le bouquet, éclate Aline.

Avant que nous soyons revenus de notre surprise, elle se rue hors de la chambre. Ralf lève les deux mains pour arrêter Jesse qui s'élance déjà :

– Laisse. Je vais aller la chercher.

Il sort quelques billets de sa poche, les pose sur son lit et nous lance :

– Si vous sortiez vous acheter une glace, les filles ?

Il se tourne vers moi avec un de ses sourires en coin :

– Margaux, je te confie Jesse, puisque tu es pleine d'expérience. On se retrouve sur la place côté mer en face de l'hôtel, dans une heure ?

Nous l'entendons dévaler à son tour les escaliers.

Chapitre 29

Nous nous regardons en chiennes de faïence, Jesse et moi. Je me secoue la première. J'annonce, la voix un peu étranglée :

– Si tu n'y vois pas d'inconvénient, je vais prendre une douche avant de sortir.

Je farfouille dans mon sac de voyage à la recherche d'habits propres. J'ajoute :

– J'ai pris un bain de mer avec ma robe et je me sens pégueuse de sel. Tu n'es pas obligée d'aller le raconter, évidemment.

Elle proteste qu'elle n'en dira rien. Elle me demande ce que pégueuse veut dire. Je lui crie, à travers la porte de la salle de bains :

– Collante. C'est un mot du midi.

Un sanglot monte et se mélange à l'eau qui tombe en pluie. Je hoquette sans bruit : la tension qui lâche. Je me demande jusqu'à quel point Aline est blessée. Elle en a quand même pris pour son grade ! Je me savonne vigoureusement. Elle ne va pas apprécier que sa fille se « débulle » d'elle, quand elle saura que Ralf nous a envoyées promener toutes les deux. Oh et puis zut, ce n'est pas mon problème. Je me sèche, enfile mon pantalon tout léger à pattes d'ef, presque une jupe. Violet avec des dessins mauves, noirs et blancs.

Et un T-shirt lilas super fin. Le modèle s'appelle « chiffon », il est suavissime sur la peau. Les habits servent à se donner du courage.

En sortant je trouve Jesse assise sur son lit, les yeux vagues. Elle mâchouille un coin de son bandana trempé. Je lui demande ce qui ne va pas.

– J'ai peur qu'il arrive quelque chose à Maman, elle me fait, dans le pur style geignard.

J'hallucine.

– Ouhlàlà, c'est la fin du monde parce qu'elle est partie en rogne ? Dis donc, elle existait avant toi, ta mère.

Il me vient un doute :

– Vous ne vous fâchez jamais dans la famille, ou quoi ?

Elle hoche la tête :

– Papa déteste les gens qui crient.

Venant de Mademoiselle Crise de Nerfs, cela ne manque pas de piquant. Quoique finalement, sa mystérieuse maladie l'autorise à lâcher la vapeur sans que Papa puisse rien dire. Je fais mine de m'impatienter :

– Bon, écoute, chez moi on passe notre temps à se crier dessus et tu vois que je suis en pleine santé. Alors secoue-toi et viens.

Je désigne la clef de la chambre sur la table de nuit de Ralf :

– Prends la clef, c'est toi qui vas fermer. Tu la garderas sur toi.

Elle obéit sans moufter. C'est marrant de jouer les grandes sœurs autoritaires. Pendant qu'elle tourne la clef dans la serrure, je lui demande :

– Où veux-tu aller ?

Elle suspend son geste. Il lui paraissait évident que j'allais décider pour elle, pourtant elle ne se défile pas :

– On n'a qu'à suivre le bord de l'eau à l'opposé de la plage. C'est là qu'on a acheté les bananes tout à l'heure mais nous ne sommes pas allés très loin.

Elle descend devant moi. Au bas de l'escalier, elle remarque les habits que je n'ai encore jamais mis. Elle s'exclame :

– Qu'est-ce que tu fais jeune fille !

– Jeune fille, comment tu parles, toi, on croirait entendre ma grand-mère !

J'ai pris un ton badin, à la manière de Ralf. Je me sens sur la bonne voie. Si je rembarre Superlolotte, mais sans trop secouer, elle m'agacera moins. Quand je pense à Valentin, mon cousin qui a douze ans… À côté de lui, Jesse en est au stade de la crèche. Y a du boulot !

Allons-y pour la promenade sur la minicroisette. Nous marchons en silence, les yeux tournés vers les sampans bercés par le mouvement de l'eau. Dans les bateaux, une fillette étend du linge, une femme lave son enfant, plusieurs hommes arrangent un toit de planches en plaisantant bruyamment. Un garçon fume, assis devant une porte…

– Ça doit être super d'habiter là ! me dit Jesse.

J'ai eu moi-même une pensée de ce genre il n'y a pas deux minutes. Cela ne m'empêche pas de la contredire :

– Un soir d'été quand il fait beau, c'est sûr. Mais quand il pleut et qu'il fait froid, c'est sûrement moins drôle. Et puis tu vois ce qu'il y a à l'intérieur ? Une marmite, une natte et basta. Ils échangeraient sans problème leur maison contre la tienne, tu paries?

Elle me regarde par en dessous sans répondre. Le silence retombe. Nous passons presque inaperçues parmi les flâneurs de la promenade. L'ambiance est aussi différente de celle de Hanoï que celle de Puynérac l'est de Paris. La plupart des Vietnamiens sont des touristes, cela se voit à leur comportement détendu. Ils se promènent en famille ou par couple d'amoureux, bavardant, riant, centrés sur eux-mêmes. Les marchandes de fruits installées le long du chemin leur font signe.

Sans crier gare Jesse demande:

– Pourquoi t'es venue avec nous?

– Je n'avais pas le choix, figure-toi.

Je lui ai répondu du tac au tac. Trop tac. J'ai menti. Ma pensée s'envole un instant vers les cimes où ma mère joue les cabris avec son amoureux transi – il peut l'être, à deux mille mètres. Jesse me regarde curieusement:

– Je croyais qu'on ne te traitait pas en gamine?

Jesse, un; Margaux, zéro. Je hausse les épaules.

– Oh, lâche-moi. Je ne vous connaissais pas, je pouvais pas savoir.

– Savoir quoi? demande Jesse.

Son ton est soupçonneux. Sans doute pense-t-elle: «Savoir que je suis une sans-amies.» J'ai envie de répondre: «Savoir que ta mère était une chieuse», mais le mot grossier assassinerait ce petit agneau blancheur Persil. Alors, la phrase sort toute seule:

– Savoir que je me sens de trop avec vous.

J'en suis la première étonnée. Parce que c'est vrai. Jesse s'écrie :

– Ça alors, mais c'est toi qui ne veux pas de nous. Chaque fois qu'on ouvre la bouche tu nous regardes de haut, Maman et moi, comme si nous étions les dernières des imbéciles.

Elle a l'air sidérée. Cadrage serré sur le visage de Lia la captive qui se mordille cruellement l'intérieur de la joue. Je me croyais impénétrable, laissant paraître juste ce qu'il fallait de morgue. Pendant ce temps-là mes gros sabots ne laissaient pas un brin d'herbe en place après leur passage.

Jesse, deux ; Margaux, zéro.

Chapitre 30

Au bout de la Croisette, au moment où la rue tourne le dos à la mer, l'ambiance change. Un monde fou s'entasse dans une espèce de café vitré, une majorité d'hommes, buvant et rigolards. De l'autre côté de la rue, la même ambiance fêtarde s'échappent de deux cafés semblables. Je ne comprends rien aux mots qui s'échangent, mais l'endroit me paraît louche. Les gens nous fixent. Leur regard a beau être sans expression, je nous sens déplacées, Jesse et moi. Elle me serre le bras :

– Je ne veux pas continuer par là !

De nouveau mon esprit de contradiction me démange :

– OK, on va faire demi-tour, mais allons d'abord jusqu'au marché ; regarde, il est dans la prochaine rue à gauche. On reviendra après.

Je m'y engage résolument, Jesse sur mes talons, bien obligée.

Au marché l'atmosphère est plus tranquille, pour ne pas dire morne.

– C'est sûrement là qu'on va trouver une glace ! déclaré-je pour l'encourager, et moi aussi par la même occasion.

Le marché a un côté bouseux qui contraste avec le vernis touristique du bord de mer. Quelques pas dans la première allée me font déchanter sur la vente espérée des Esquimau. Ici l'emballage se pèle avant dégustation ; rien que du naturel.

– Tu veux des litchis ? demandé-je d'un ton qui se veut engageant.

Jesse fait non de la tête et grogne : « On s'en va ? » C'est plus qu'il n'en faut pour chatouiller mon petit démon. Je m'enfuis exprès du côté de la vannerie. De nouveau elle me suit pour ne pas rester seule. Je saisis la première chose que je vois :

– Oh, regarde, elles sont marrantes ces balayettes de paille !

Contre toute attente, elle s'y intéresse, s'époussette la cuisse en souriant :

– Je vais en acheter une pour maman. Tu demandes le prix ?

La vendeuse nous montre quatre doigts sans faire de risette.

Trois jeunes femmes qui vendent des paniers à côté se lèvent et s'approchent pour nous observer de plus près.

Avant que je sois revenue de ma surprise, l'une d'elles a déjà pris Jesse par les épaules. Elle la fait pivoter, accompagne l'exhibition d'un flot de commentaires sous les rires en cascade. Une autre s'approche à son tour et – horreur des horreurs elle porte en un éclair la main où je pense pour vérifier le sexe de la bête de foire. Je sors de ma paralysie pour fondre sur elles. Je repousse le bras qui enlace Jesse, la tire par les épaules et m'arrache avec elle du marché sans regarder ni à droite ni à gauche.

Nous redescendons la rue vers la mer. Je risque un œil sur la victime. Elle semble loin de la crise d'hystérie. Son visage est calme, elle a même tiré le rideau de fer. Je rejoins la Croisette avec le soulagement de la brebis qui rentre au bercail. Après quelques mètres j'entraîne Jesse à l'écart des passants, vers un banc que vient de quitter un couple d'amoureux.

– Viens te reposer après toutes ces émotions !

Pas un sourire. Même maigre j'aurais aimé. Elle s'assoit sans opposer plus de résistance qu'un sac de riz, les yeux fixés sur la mer droit devant elle. J'ignore si elle fait la gueule ou si elle est vraiment sonnée. Je tente un débriefing sur un ton léger :

– Ils sont vraiment nature pour certaines choses, ici. Autres lieux, autres mœurs. On ne les voit jamais se donner un baiser, mais les enfants sont vérifiés en public comme des chatons. Apparemment on n'a pas idée de leur demander leur avis, aux mineurs !

J'ai beau broder, en rajouter et prendre soin de lui demander si elle se porte bien à la fin d'un monologue spirituel, elle ne décoince pas un mot. Soudain, sans crier gare, elle se lève comme une automate et repart en direction de l'hôtel. À mon tour de presser le pas pour rester à sa hauteur.

« Dessin animé. Derrière un enfant à l'allure garçonne trottine un animal bizarre, à tête de fille et à corps de chien. L'animal renifle un trognon par terre. Voix off, perçante et autoritaire : "Ici, Boubou, je veux dire, ici, Lia !" »

Je suis mal barrée, moi. Nous remontons les familles en promenade et les marchands de fruits jusqu'à l'hôtel. Plusieurs fois, je suis tentée de prendre la tangente : « Tu te débrouilles sans moi, tu es une grande fille maintenant ? Eh bien salut, après tout on n'est pas mariées ! » Franchement, qu'est-ce qui pourrait lui arriver d'ici à l'hôtel ? Mais Ralf me l'a expressément confiée. J'imagine le retour de flamme si Aline à peine calmée par son bonhomme nous voit, sa fille et moi, revenir chacune de son côté. Quand je pense que j'allais envisager d'y mettre du mien dans la relation avec Superpeste !

Chapitre 31

« *Extérieur jour* : Lia la captive, lunettes de soleil, bas du visage caché par un mouchoir façon viêt, chevauche sa bicyclette branlante parmi une foule de deux-roues sur un large pont. Caméra subjective sur le fleuve, les jeux de reflets bleu, mauve et argent scintillant jusqu'aux rives. Zoom arrière sur le pont puis sur la ville vue d'en haut. Sur l'écran se déroule sur un parchemin : "Huê, capitale impériale bâtie sur la rivière aux cinq parfums." L'écran devient le fond de ces kaléidoscopes de vues touristiques qui changent quand on appuie sur un bouton. Au son du "clic" le spectateur admire successivement Nam Giao, le temple du paradis, puis les tombeaux de Dong Khanh, Tu Duc, Khai Dinh, Minh Mang, tous empereurs d'autrefois, et leur panorama grandiose sur le fleuve. Les clic deviennent des clac et d'autres vues se succèdent, celles des mêmes sites mais en images vivantes cette fois, où l'on voit les esclaves de l'époque agoniser sous le fouet pendant la construction. »

Je m'enivre de rouler à vélo sur le pont, heureuse d'avoir fait le trajet hier et de ne pas hésiter dans le flot des vélos et des motos. Je suis seule, enfin, pour la journée et pour la première fois. Je n'en avais pas encore profité bien que l'autorisation officielle remonte à une semaine de là, lors de cette journée à Cat Ba au barème émotionnel élevé.

Je me revois en train de talonner Superbutée sur la minicroisette, me demandant à quelle sauce j'allais être mangée quand elle retrouverait ses parents. La voix de Ralf a crié, en contrebas, côté mer :

– Eh, les filles, nous sommes là ! Venez faire un tour en barque !

Nous avons descendu l'escalier de pierre et les avons rejoints, Aline et lui. Près de nous, clapotant sur l'eau, deux sampans attendaient. Un troisième arrivait en hâte dans l'espoir d'être l'élu.

Nous sommes montés dans celui d'une femme au visage tanné et nous sommes installés sur les bancs de bois. Après un instant de silence solennel, Aline m'annonça le résultat des courses. Si je me conduisais en fille responsable ; si je signais, là, maintenant, pour ne plus faire de « bêtises » et si j'arrêtais de regarder tout le monde de haut – l'expression même qu'avait employée Jesse – elle ferait un effort pour me lâcher les baskets. On me permettrait même quelques échappées, seule, ou en compagnie de Jesse.

J'ai prononcé un « merci » et un « je suis d'accord » à voix basse mais audible. Je me suis promis de prendre mon mal en patience. Aline méritait mon respect pour s'être remise en question. Elle s'est tournée vers Jesse :

– J'ai décidé de faire un effort pour te traiter en grande fille. Si tu as envie parfois de te promener avec Margaux comme ce soir…

– C'est super gentil, Maman, répondit Superchouchoute sans grande chaleur.

En toute logique elle aurait dû ajouter : « Comptez sur moi pour sortir avec cette teigne ! » Mais elle ne souffla mot sur sa mésaventure du marché, et le bruit de nos paroles s'arrêta là.

Nous glissions sur l'eau du port de Cat Ba au seul bruit de la godille remuée par la femme au visage tanné, et à celui plus lointain des habitants du village flottant où nous nous promenions. Certains d'entre eux nous observaient avec curiosité. D'autres nous saluaient gentiment. Une pensée m'obsédait : à quel point ce moment aurait pu être féerique si j'avais voyagé seule avec mon père.

Quelques heures plus tard, nous étions tous les quatre « comme si de rien n'était » dans un des petits restaurants bondés de la ville, devant une assiette de crabes fraîchement cuits. Les hommes d'une famille hilare à la table voisine proposèrent à Ralf et Aline la bouteille d'alcool blanc dont ils s'enfilaient petit verre sur petit verre. Ils étaient fiers de s'adresser à nous en russe : les derniers Occidentaux qu'ils avaient vus venaient de l'ex-URSS afin d'aider le Vietnam communiste d'une main et d'en faire son affidé de l'autre.

Nous n'étions pas plus russes que nous n'étions une famille unie. La vie est-elle ainsi ? Tout ce que nous croyons voir est-il trompeur ? Quoi qu'il en soit je fais de réels efforts depuis ce jour pour me montrer aimable, pour étouffer l'agacement que me donne Aline. De son côté, elle est plus détendue. Elle s'adresse de préférence à Jesse selon son habitude, mais il lui est arrivé une ou deux fois de dire «les filles». Chez elle, c'est un signe d'ouverture inouï.

– Les filles, si vous alliez voir cette piscine de l'hôtel? a-t-elle dit quand nous rentrions de notre promenade à Huê, le premier jour. Nous avons mis nos maillots de bain et sommes allées repérer la piscine. Un petit bassin en plein air, quelques chaises longues en plastique autour.

– Tu vas te baigner? ai-je demandé à la petite choute sans espoir de réponse.

Depuis l'histoire du marché de Cat Ba, Jesse est devenu Supermuette. Lorsque nous sommes seules, elle ne m'adresse plus la parole et ne répond pas quand je lui parle. Au début, ça surprend. J'ai pensé que cela durerait deux jours, mais elle tient depuis une semaine. De temps en temps je vérifie, je lui pose une question en aparté. Pour l'instant, il n'y a plus d'abonnée au numéro que j'ai demandé. Je n'arrive pas à apprécier ce calme tant désiré. Je trouve même cela angoissant, une obstination pareille chez une enfant si jeune.

Aussi ai-je sauté sur l'occasion quand Aline a suggéré que nous partions une journée en car visiter la DMZ, la zone de part et d'autre du 17e parallèle, frontière du Nord et du Sud pendant la guerre. C'est «une opportunité unique d'apprendre l'histoire sur le terrain». J'ai dit que je ne tenais pas à ce genre de spectacle, que j'étais déjà convaincue que la guerre était une horreur, mais que je passerais volontiers la journée seule de mon côté. Aline:

– Mais toi, Jesse, tu n'as pas envie de rester avec Margaux?

Jesse a gardé le silence. J'ai mis en pensée un bâton d'encens à Bouddha pour qu'elle ne dise pas oui. Précaution inutile. Comment Jesse aurait-elle raté une journée à retrouver ses parents ?

« Tout cela est raconté en voix off tandis que Lia pédale. Doux travelling de profil : on la voit tourner à droite après le pont, suivre une avenue bordée d'arbres. Elle s'arrête, traverse à pied l'avenue pour vérifier le nom de la rue qui part en face, à gauche. Gros plan sur la plaque "Phan Bôi Châu". Caméra subjective sur le pneu du vélo sur le macadam, puis sur le lit de cailloux où il s'arrête. Contre-plongée en plan large sur une jolie maison bourgeoise devant une cour cailloutée.

Chapitre 32

Hier soir j'ai feuilleté le guide prêté par Aline. J'ai flashé sur le paragraphe : « Maison de la femme sculpteur Diem Phung Thi. » J'ai vu qu'elle se trouvait dans une rue adjacente à l'avenue que nous avions prise le matin même avec les vélos loués en face de l'hôtel. Je n'aurais pas de mal à retrouver le chemin. Je me suis fait un petit plan que j'ai glissé dans ma poche, mais je n'ai même pas eu à le regarder pour atteindre la maison-musée.

L'endroit est tel que j'aurais pu le rêver. Le rez-de-chaussée est désert, à part la jeune fille qui me vend les tickets à l'entrée avant de remonter à l'étage supérieur fermé par une cordelette. Je peux m'asseoir et rêvasser à loisir devant une femme enceinte en terre cuite noire. Elle est nue, assise les genoux relevés. Son gros ventre rond et ses seins sont étoilés de lignes gravées. Je sors mon carnet à spirale et tente d'attraper quelque chose de sa beauté. Je ne suis pas douée mais je me fiche du résultat. J'aime cette sensation d'être absorbée par ce que je dessine. J'entre à l'intérieur de l'objet et le temps n'existe plus.

Une conversation bruyante se répand dans les pièces ; deux éclairs de flash et le couple d'Américains massifs désenvahit la maison aussi vite.

Le langage muet des statues se réinstalle autour de moi. Quand je partirai, elles continueront à vibrer de leur présence. Elles vibreront pendant que j'aurai repris ma vie au lycée à des milliers de kilomètres de là.

Je sors par la pièce du fond, explore la cour arrière, pousse la porte d'un atelier vitré plein de statuettes d'argile inachevées. Le guide parle d'un atelier de poterie destiné aux enfants sourds. Je goûte cette ambiance spéciale de temps arrêté. Un homme me surprend, le jardinier que j'ai salué en rangeant mon vélo tout à l'heure. Il me parle en vietnamien. Je prends mon air le plus ingénu en répétant «*sin loy*», et me prépare à évacuer les lieux. Au moment où je m'y attends le moins, il prend une figurine d'argile crue grande comme le pouce et me la met dans la main. «*Không, cam on!*» Je le remercie et la repose sur la table. C'est gentil de vouloir me faire plaisir, mais que dira le petit quand il ne retrouvera pas sa poterie?

Je repasse le pont. J'achète deux sandwichs croustillants avant de rentrer à l'hôtel. J'ai aussi un stock de bananes, les célèbres bananes impériales de Huê.

Je m'installe à l'ombre du parasol de la piscine pour casser la croûte. Il est encore tôt, l'endroit est désert. Je bâille. Ma solitude joyeuse de tout à l'heure s'alourdit d'ennui; la déprime étend sur moi son aile sombre. Entre moi et la fin de ces vacances s'étend un désert interminable jonché d'ossements blanchis. J'ai envie de glisser, de me ratatiner, de ne plus exister.

«*Extérieur nuit*: Lia est assise sur une chaise au bord de la piscine, transformée en poupée. La lune se reflète dans ses yeux de verre écarquillés sur la nuit. Une grenouille saute sur la chaise. Sa gorge fine palpite, son coâ-coâ ride la paix nocturne. Une feuille tombe sur l'eau dont les ondes noires s'élargissent sans témoin. Mettre filtre lumière pour créer ambiance suicidaire. »

Au prix d'un effort surhumain je me secoue et vais prendre une douche avant de ressortir. Je me serais jetée sans scrupule sur la première vieillerie des années soixante sur TV5 mais il n'y a pas de télé. De plus la chambre est sinistre. La fenêtre s'ouvre directement sur un mur recouvert de peinture bleue où nagent deux ou trois taches blanches en forme de cygnes dans le cuistre espoir de nier l'absence de vue.

Mon derrière proteste douloureusement lorsque j'enfourche à nouveau la selle extra-dure de la bécane pourrie louée en face de l'hôtel. Encore heureux que l'enceinte de la citadelle ne soit qu'à quelques tours de roues de là.

Le mur d'icelle entouré de douves ressemble à un de nos remparts de château fort. On n'y entre qu'à pied. J'abandonne sans regret mon assemblage de fer rouillé, de caoutchouc ratatiné et de carton bouilli auquel le nom de clou va comme un gant. Le dénuement des Vietnamiens se mesure à la vétusté de leur moyen de transport principal. Je me retrouve à l'intérieur de la place forte, c'est-à-dire sur un terrain immense envahi d'herbes folles avec de loin en loin des bâtiments antiques séparés par des cours. Le temps de traverser l'une d'entre elles suffit à attraper une grave insolation vu l'heure judicieuse que j'ai choisie pour visiter. Vais-je pouvoir suivre mon plan ? J'avais prévu de me trouver un coin sympa pour lire les *Dix petits nègres* de Sybille puisque le moment de cafard est venu. Détailler les différents pavillons le guide à la main, très peu pour moi.

Je rampe « à la verticale de l'été » jusqu'à atteindre le premier bâtiment. Il est inhospitalier et bourré de monde : cinq touristes et trois autochtones en costume folklorique auxquels un photographe fait prendre la pose sur les meubles d'époque. Je mets les voiles.

Un champ, une noble porte en ruine surmontée de tuiles. Un pavillon en réfection. L'endroit est beau mais ouvert sur la fournaise. Je poursuis mon errance à travers les steppes arides. Deux kiosques romantiques se font face, isolés en plein cagnard sur l'herbe râpée. Idéal par temps couvert. Je vais désespérer quand j'aperçois un jardin agrémenté de rochers et d'un bassin devant un groupe de bâtiments. Je me retrouve dans une pièce ornée de boiseries et de lourds meubles incrustés de nacre. Une vieille Allemande, son guide à la main, et un couple de Vietnamiens me jettent à peine un regard. Après avoir fureté dans le reste du bâtiment, je trouve ma place sur une marche de pierre, dans une petite cour à l'ombre du grand toit à charpente de bois. Les trente-deux degrés régnants en font un des endroits les plus frais de la citadelle.

Quatre chapitres plus tard, je sursaute en levant la tête de mon Agatha Christie. Adossé au mur de pierre à deux mètres de moi, un jeune Vietnamien me sourit dans un silence indécent.

Chapitre 33

Il m'adresse la parole dans un anglais à l'accent parfait. Je n'ai pas le niveau pour tout comprendre. Il semble qu'il soit là depuis plusieurs minutes, et qu'il serait curieux de connaître le titre du livre qui me rend ainsi sourde et aveugle au monde extérieur. Je le lui tends. Il éclate de rire, et il me dit qu'il comprend maintenant pourquoi... ici des mots inconnus, je fronce les sourcils. Il rit de plus belle et m'explique que j'ai l'air de me réveiller, gestes d'étirement à l'appui. À mon tour de m'amuser. Nous continuons la conversation avec gestes et sourires.

Il me demande mon âge. Il s'étonne que je sois si jeune, et de mon côté je m'étonne qu'il soit si vieux: je lui donnais vingt ans, il en a sept de plus. Il est étudiant en anglais à...? Il fait le geste d'écrire. Je sors mon carnet à spirale où il dessine le dragon vietnamien, marque un point vers le bas et écrit Can To. Et Mékong sur le fleuve en delta. Il est chez son oncle à Huê pour une semaine. Il me demande où sont mes parents. Je m'embrouille en essayant de lui expliquer que mon père est en France, malade, que je suis avec une autre *family* partie en car visiter la DMZ, comment dit-on cela? Je parle de la *Viet-nam «war»* en pointant le sol et faisant des petits ponts avec mon index dans l'espoir qu'il comprenne qu'il s'agit d'un circuit.

Il me demande où nous sommes déjà allés, ce que je pense du Vietnam et des habitants... Je lui réponds que je trouve les filles féminines, les gens gentils, qu'il y a plein de choses que je ne comprends pas, que je vois bien que la façon de penser est très différente de chez nous. Il écoute intensément et me demande d'en dire plus, mais mon vocabulaire ne me le permet pas. Je bafouille, me mélange affreusement les pédales et rougis de mon ridicule en me maudissant d'avoir refusé le séjour en Angleterre que ma mère m'a proposé aux dernières vacances. Thân, c'est ainsi qu'il s'appelle, a compris que mon anglais n'était pas à la hauteur du sien. Il ne s'acharne pas, il me demande s'il peut m'être utile pour visiter la ville. Ai-je envie d'aller au marché pour acheter un souvenir ? J'hésite. Thân n'a rien d'un dragueur comme ceux de Cat ba. Son apparence est soignée, son regard est franc et il a un rire d'enfant irrésistible. Mais bon, je suis tout de même une jeune adolescente sans défense seule dans une ville inconnue. Il baisse la tête en attendant ma réponse. C'est ce geste discret qui emporte ma décision.

Je dis que c'est d'accord, mais qu'il faut que je sois de retour à six heures précises.

– *We'll be back, no problem*, m'assure-t-il, l'air grave.

Nous retraversons tous deux la fournaise des cours jusqu'à la sortie. Nous n'échangeons plus trois mots, saisis par une réserve soudaine. Devant les remparts, un éclat de rire éclaircit l'atmosphère quand nous réalisons que je suis à vélo et lui à moto. Thân m'enjoint d'un ton sans réplique de laisser là mon clou, qu'il me raccompagnera le chercher tout à l'heure. Avant que j'aie eu le temps de réaliser ce qui se passe, je suis déjà en croupe derrière lui sur «*Angel power*», c'est le nom de la petite moto, les mains accrochées aux poches à l'italienne de son pantalon, car je n'ose pas lui entourer la taille. Thân se tourne vers moi et me demande si j'ai soif. Il s'arrête devant la grande pelouse qui borde le trottoir et m'entraîne vers des tables installées en plein gazon. Elles se succèdent en petits groupes le long de l'avenue tels les cafés parisiens. Leurs propriétaires écrasent de grandes tiges vert-brun dans leurs machines chromées à l'aide d'une roue. Une femme apporte à notre table deux verres pleins d'un liquide vert ambré que Thân paie de quatre billets de mille. Je n'ai jamais rien bu de meilleur de ma vie. C'est parfumé, sucré, régénérant comme une pluie de mousson sur une rizière desséchée. Thân répète «*sugar, sugar*» sans réussir à me faire comprendre de quoi est fait ce nectar des dieux. Il me recommande de vérifier que la machine qui écrase les tiges sera proprement tenue quand je voudrai en acheter.

Nous renfourchons notre monture et repartons pour de nouvelles aventures, comme dirait mon père. Juste avant le pont que j'ai pris ce matin, Thân tourne et remonte sur la gauche la rive du fleuve aux cinq parfums.

Le marché s'étend près de l'eau. Nous nous engageons à pied sur la terre poussiéreuse après avoir laissé *Angel power* au parking gardé. Des odeurs violentes de végétaux en décomposition me prennent le nez. Je trottine derrière Thân parmi la foule en m'exerçant à éviter les paquets d'épluchures qui jonchent la terre craquelée. Les étals de poissons sont autant de tableaux à admirer, sabres scintillants, mérous écarlates à points bleus et autres espèces dont j'ignore les noms. Thân m'en désigne quelques-uns et me fait répéter leur nom vietnamien jusqu'à ce que mon accent le satisfasse. Il hoche la tête paternellement et je me retiens d'éclater de rire. Dans le fleuve couleur de boue des gamins se baignent et s'éclaboussent. Un vieil homme quitte la rive opposée sur un bateau qu'il manœuvre à l'aide d'une longue perche.

Chapitre 34

Thân me prend par le coude et m'entraîne dans un bâtiment en béton où une multitude d'échoppes vendent tout ce qui ne se mange pas. Il me fait grimper un grand escalier qui monte au premier étage. Il y règne une touffeur suffocante. Je suis sur le point de prévenir mon guide que je vais m'évanouir quand il m'indique une rangée de marchands de chapeaux coniques avec une joie enfantine. Il m'explique que Huê est la capitale de ces chapeaux en paille de riz portés dans tout le Vietnam. La vendeuse nous a repérés et s'empresse. Elle me présente plusieurs chapeaux dont elle n'hésite pas à me coiffer sans ménagement en m'assourdissant de «*very nice, very nice*», plus collante qu'une guêpe sur une tartine. Je suis sur le point d'exploser et j'admire Thân qui lui répond avec un parfait sang-froid. La vendeuse me lâche enfin pour farfouiller dans sa marchandise. Thân me montre le secret des chapeaux de Hué: une pagode, un bateau découpés en ombres chinoises dans du papier noir s'aperçoivent en transparence entre les feuilles de l'intérieur du chapeau. Thân m'en tend un parmi ceux que j'ai essayés en me disant prends-le, celui-là, tu as l'air d'une vraie Vietnamienne. Je l'arrête d'une main sur le bras :

– *Let me buy it by myself*, je lui dis.

Moi aussi je sais prendre un ton sans réplique ! La marchande revient avec un lot de rubans de différentes couleurs. J'en choisis un violet et lui tends mon chapeau pour qu'elle ajuste la bride. Je lui demande le prix, le cœur battant mais la voix assurée :

– *Bao nio tien ?*

Elle m'annonce « *haï tin* ». Vingt mille. Je demande carrément la moitié, *moé tin*. Elle rit bruyamment en portant les mains à son front comme si elle avait affaire à une folle. Elle ne m'impressionne pas. Elle descend de mille en mille tout en continuant à s'esclaffer, à faire toutes sortes de grimaces et à prendre Thân à témoin en vietnamien. Enfin elle affirme que quatorze mille est son dernier prix et j'emporte le chapeau à treize. Thân me félicite quand nous redescendons l'escalier : « Tu t'es vraiment bien débrouillée, me dit-il. Un Vietnamien l'a pour dix mille ! »

Je grince des dents mais il ne songe pas à me taquiner : le prix pour les étrangers fait partie des mœurs. Il regarde sa montre. Il nous reste une heure et demie. Qu'allons-nous faire ? Nous pouvons *look around*, propose-t-il avec des gestes tournoyants de la main. J'acquiesce. Nous sortons du marché. Nous retournons au parking des deux-roues et je réalise que Thân vient de me proposer une promenade à moto, et non à pied comme je le croyais. Il montre mon chapeau qui tient par la bride à mon avant-bras :

– *Put it on !*

J'obéis et monte derrière lui, mi-excitée mi-effarouchée. Thân emprunte le pont pour aller sur la rive droite, continue ensuite sur la gauche, dépassant l'endroit où j'ai tourné ce matin à vélo. Sur une grande avenue, il accélère. Il décroche mes doigts de ses poches et ramène mes mains sur sa taille d'un geste amical.

Les maisons défilent, les kiosques des vendeurs de livres à deux sous sur la rive, les gargotes, les réparateurs de pneus crevés sur le trottoir. Dans la cour d'une école une troupe d'enfants de tous âges en kimono noir répètent un enchaînement de viet vo dao. Les vélos que nous dépassons ou les deux-roues motorisés à notre hauteur ne tournent pas la tête vers nous comme ils le faisaient hier, avec les yeux ronds de qui vient de repérer du sensationnel. « Nous n'aurions pas plus de succès si nous étions Catherine Deneuve », a fait remarquer Ralf en riant lors de notre promenade. Eh bien, c'est reposant de ne plus être Catherine Deneuve, invisible sous un chapeau de Huê, en croupe derrière Thân.

Angel power se fraie un chemin sur un petit pont très encombré. Nous repassons un bras de rivière. J'ai le temps d'admirer les reflets du soleil sur l'eau, les maisons délabrées du bord. Après le pont, le scooter enfile une longue rue bordée de vieilles villas entourées de jardins. Les murs de certaines sont peints en jaune pâle, en rose, en blanc avec des décorations de plâtre, des colonnes et des balustres, des volets verts ou bleu vif où courent des fleurs, des feuilles en forme d'étoiles, et même des concombres grimpants ! Au bout de la rue, une route ombragée d'arbres s'enfonce dans la campagne. Thân s'engage dans un chemin de terre parmi des maisons de bois sur pilotis. Une femme écosse des légumes au-dessus d'une bassine. Un groupe d'enfants crie à notre passage et nous court après en nous lançant de l'eau. Nous arrivons dans un nulle part entouré de champs où Thân s'arrête. Il discute avec des garçons qui sont là, redémarre, et après un trajet cahotique nous retrouvons la route. Nous croisons une ou deux familles qui se promènent. Plusieurs enfants portent des masques de carton à figure de bouddha, d'empereur chinois, de singe coiffé d'une toque. J'aurais du succès si je distribuais des masques semblables aux copines avant une fête. Je presse le bras de Thân et lui explique ce que je veux. Les familles sont déjà loin, ce qui ne l'empêche pas de faire demi-tour à toute zibure pour les rattraper. Il arrête sa machine, nous descendons et abordons les gens étonnés. Thân parle à ce qui doit être les parents. Avant que je comprenne ce qui se passe, la mère enlève le masque de sa fille et me le tend.

– Elle te le donne, m'explique Thân.

Sur le petit visage dénudé la grimace des larmes remplacera bientôt le bouddha. Je suis consternée. Je rends le masque à la petite *Không, cam on*, je veux seulement savoir où l'acheter! Décidément je désapprouve cette manie vietnamienne d'offrir les affaires des enfants.

Nous repartons. Quelques mètres après l'endroit où nous avons changé de cap, Thân se gare à un croisement de chemins qui partent vers la campagne. Il me désigne une épicerie en face de nous.

– Je t'attends, me dit-il.

Il rit en voyant mes yeux s'arrondir et croise les bras. Je vois, monsieur veut me laisser me débrouiller. Je lui tourne le dos et traverse la route. Le propriétaire de l'épicerie attend sans s'émouvoir tandis que mes yeux font l'inventaire de tout ce que je vois autour de lui : sacs de riz, paquets bleus de pains de sucre, outils divers, lessive. Pour les enfants, des ballons, des poupées, des cerfs-volants, mais pas de masque en vue. L'épicier me propose un objet, puis un autre. Je regarde à la dérobée dans la direction de Thân. Il fume une cigarette, adossé à sa machine. Je me décide, désigne la poupée en plastique. L'homme me la tend. Je la tiens de la main gauche, et de l'index droit je dessine un ovale sur mon visage. L'épicier le plus futé du monde me sort sans hésiter une pile de masques d'un carton. Le prix qu'il m'annonce est le prix juste ; ou alors, s'il le diminue de moitié quand il s'agit de Vietnamiens, je ne sais pas comment il gagne sa vie. Je le remercie radieusement et court vers la moto, les sept masques serrés contre ma poitrine. Thân m'accueille d'une moue appréciatrice, de celles qui vous rendent capable de soulever une montagne avec le petit doigt. Nous repartons en vadrouille sur la route communale.

Chapitre 35

Les roues soubresautent dans les nids-de-poule. Les abdominaux de Thân durcissent sous mes doigts. Famille, amies, garçons dont j'ai été un jour amoureuse, pardon : j'ai tout oublié de vos existences. Moiteur de mes mains sur la peau de Thân à travers la chemise, souffle du vent, chaleur du soleil sur ma peau, vibration de la moto sous mes cuisses. Je repousse mon chapeau conique derrière ma nuque, laissant à la bride violette le soin de le retenir.

Les cheveux noirs sur le cou de Thân me donnent des envies de baisers. C'est effrayant. Je détourne les yeux vers le paysage. Nous roulons à présent sur une route goudronnée, large et déserte. De grandes feuilles de bananiers défilent. Un dragon déploie en vagues sa queue aux écailles dressées sur le mur qui entoure une pagode et me suit de ses gros yeux de pierre. Je me rappelle l'existence de mon appareil photo, dans mon sac, mais je suis incapable de taper sur l'épaule de Thân pour lui demander de s'arrêter, et l'épater en nommant le dragon en vietnamien : *Long*. Même si je le voulais mes bras n'arriveraient pas à se dénouer de son torse.

Le dragon de pierre s'enfuit derrière nous. Thân tourne la tête vers moi, mais ne dit rien. Il revient à la route et se met à chanter doucement en vietnamien. Je pose la tête sur son dos, entre le cou et l'épaule. Sa berceuse vibre contre ma peau. Il renverse par jeu sa nuque en arrière, je sens le poids de sa tête au sommet de mon crâne.

Quelques kilomètres-lumière plus tard, le grand mur d'enceinte de la cité impériale est en vue. Les pneus de la moto crissent sur la terre du parking. Je descends, toute molle. Thân, resté sur sa machine, me demande à quel hôtel il doit me raccompagner. Je secoue la tête.

– *I go alone.*

Je ne peux pas lui expliquer qu'il est mon secret à moi toute seule. Il me regarde, incrédule :

– *Are you sure ?*

– *Sure.*

Je retrouve ses propres mots : « *No problem.* » Pendant qu'il écrit ses coordonnées dans mon carnet à spirale, je grave son image sur toute la surface de mes iris. Je lis le papier qu'il me tend, pousse un cri de joie en voyant qu'il a un e-mail. À mon tour je note mon adresse et déchire la feuille de mon carnet. Thân la lit, la plie, la glisse dans sa poche. Je le remercie pour la visite. Il sourit, malicieux, et m'assure que je ferais de même un jour, quand il se rendra à Paris. Les mots sont pauvres mesquins indigents ridicules et bêtes. Je lui tends la main tout aussi bêtement. Il la secoue pour jouer. Il me fait remarquer gaiement que je suis tendue et tout ce que je trouve à dire c'est que je déteste les au revoir. Il saisit mon poignet, remet ma main le long de mon corps :

– *OK, I'll make it easier for you. Go and get your bicycle.*

J'obéis. À peine ai-je tourné le dos que j'entends le moteur de la moto vrombir, s'éloigner. Thân a tenu sa promesse. Je lui en suis reconnaissante et je lui en veux en même temps. C'est compliqué, les sentiments. Je pédale lentement, très lentement vers l'hôtel. Je suis soulagée d'avoir du temps avant de retrouver ma famille obligée.

Dans ma chambre je me jette sur mon cahier. Des plans rares de cinéma doivent être fixés en urgence avant que mes sensations s'affaiblissent. Dans quelques années, des millions de spectateurs vibreront avec Lia la captive. Ce jour-là l'héroïne s'appellera Sonia ou Rachel, et le film se passera à Puynérac ou en Alaska, mais foi de Margaux, ils s'essuieront tous les yeux dans le noir. Mon père m'a convaincue qu'il n'est jamais trop tôt pour prendre des notes.

Quand j'ai fini, il est presque sept heures. Je meurs de faim. Ma famille de location devrait être là depuis longtemps. J'hésite à sortir pour m'acheter à manger, mais je me rends compte que c'est impossible. Si je sors, je vais dévisager tous les jeunes gens à moto dans l'espoir d'apercevoir Thân. Ce sera l'enfer. Je dévore les deux bananes qui me restent du régime impérial de Huê et me mets au lit. Je pense à Thân jusqu'à épuisement ; ma raison finit par se cogner à mon crâne comme une mouche à une vitre. Un seul remède, les *Dix petits nègres*. Agatha, tout ce que tu fais pour moi !

Quand je me réveille, il est cinq heures du matin, le livre est par terre, Jesse dort dans le lit à côté. Ils sont bien rentrés. Un gecko sur le mur me salue de son bruit de castagnettes. Je me lève, mets mon maillot, prends ma serviette. À la réception, une jeune femme radieuse dans son *ao dai* me dit bonjour sans s'étonner. Les Vietnamiens se lèvent tôt, le monde devrait leur appartenir.

Ma peau frissonne dans la fraîcheur de la piscine. Je nage sans faire de bruit, guettant les bruits de l'aube : oiseaux, chant du coq dans une cour proche. J'aspire le parfum du tamarinier au-dessus de moi. Une odeur de feu de bois me parvient de la rue voisine. Si mon père était là, c'est lui qui m'aurait touché l'épaule au petit matin. J'aurais ouvert les yeux et l'aurais trouvé en maillot devant moi, les cheveux mouillés, les yeux brillants :

– Lève-toi et viens goûter le paradis avec ton père, fille de Vénus.

Ce matin, cette pensée ne m'afflige pas. Il n'est pas absent, il est en moi. Je le porte et sa présence me rend forte. Bizarre, je pourrais en dire autant de Thân. Est-ce que c'est choquant ? Je ferme les yeux, l'eau glisse sur ma peau, rien n'est grave. Je suis en harmonie avec ce pays. J'ai failli gâcher ma rencontre avec lui en me focalisant sur trois personnes qui n'ont pas d'importance !

Prise d'une inspiration, je sors de l'eau, je m'enveloppe dans ma serviette, je cours à ma chambre, je m'approche du lit de Jesse. Je n'ai pas à lui toucher l'épaule, ses yeux sont déjà ouverts.

– Excuse-moi, lui murmuré-je, je ne voulais pas te faire peur. Écoute, tu n'as pas besoin de parler, mais si tu veux goûter aux plaisirs de la vie, mets ton maillot de bain et rejoins-moi à la piscine. Offre désintéressée garantie sans piège.

Je repars sur la pointe des pieds. Peu après, je la vois arriver vers moi, enveloppée dans sa serviette. Je savais qu'elle viendrait : il y a des jours où tout vous sourit.

Chapitre 36

– Ma princesse s'est bien délurée pendant ces vacances, déclare Ralf à sa fille en reposant son verre de goyave pressée. (Il me regarde, mi-papaye mi-sapotille avant d'ajouter:) Et toi, Margaux, tu ne te sens pas plus mûre?

Nous buvons un jus sur la terrasse d'un grand hôtel avec une vue sur Saïgon alias Hô Chi Minh-Ville. Zut pour les grands hommes: Saïgon sera toujours plus facile à dire que Hô Chi Minh-Ville et la place de l'Étoile plus poétique que la place Charles-de-Gaulle.

Aux coins de la terrasse, des aquariums sont insérés dans de grosses statues de poissons mosaïquées. Les serveurs sont en veste bordeaux. Le jus de canne à sucre que m'a fait découvrir Thân s'affiche sur la carte à trente-cinq mille dôngs. Il ne sera jamais meilleur qu'à Nha Trang, la ville côtière où nous sommes allés en quittant Huê. Là-bas les vendeurs pressent du citron vert en même temps que les tiges de canne. Ma famille de vacances est devenue grâce à moi une adepte de cette boisson. De mon côté je n'en ai pas bu un seul verre sans le lever à la santé de Thân. Je pense à lui tous les jours. Je note dans mon carnet à spirale les questions sans nombre que je lui poserai bientôt par e-mail.

À Nha Trang j'ai fabriqué une poupée de sable mouillé, enchaînée par de minuscules coquillages. Je l'ai posée près du bord. Une vague a sorti sa grande langue et Lia la captive a disparu à tout jamais, dissoute dans la mer de Chine.

« Vision panoramique sur l'eau scintillante ; un point sort de l'eau à l'horizon, se rapproche. Un gros coquillage se dresse en plein écran. Il contient Lia l'amoureuse, le corps ruisselant, entourée des personnages de la *Naissance de Vénus* de Botticelli. Les robes fleuries sont les mêmes, mais les visages sont asiatiques. Dès qu'elle met le pied sur la plage elle redevient la simple Lia en maillot de bain. »

À Nha Trang, qui se prononce niatiang, Jesse et moi avons découvert les succulents bâtons glacés à la noix de coco, reconnaissables à leur emballage mauve et blanc. Les frères de celui que j'ai vu par la fenêtre à Bangkok le jour de notre arrivée. Nous avons dégusté un homard et des coquillages au petit déjeuner. Ils sortaient ruisselants de la marmite balancée sur la palanche d'une vendeuse de plage, nous sortions ruisselantes de notre bain de mer de huit heures du matin.

Nous avons visité l'aquarium installé dans un décor d'épave fossilisée et sommes partis en bateau sur les petites îles pour admirer les mêmes poissons bleu fluo en liberté dans la mer.

– Je t'avais bien dit que tu te servirais de tes lunettes de piscine !

Ralf et moi avons attrapé un coup de soleil sur la nuque pour en avoir trop bien profité tous les deux. Ce fut mon meilleur moment depuis Thân.

Jesse me parle à nouveau. Quand nous sommes seules, je la traite en grande sœur bourrue et de son côté elle me pose un maximum de questions. Dès que nous sommes « en famille », nos relations prennent de la distance, comme celles de deux enfants d'âge trop différents.

– On dit que les voyages font grandir, intervient Aline. J'avoue que j'ai eu des craintes en ce qui concerne celui-ci. Mais nous avons réussi à illustrer le proverbe. Moi aussi je vais repartir transformée par l'atmosphère de ce pays.

Je pars tester les toilettes de l'hôtel de luxe. Le long du mur de la terrasse sont suspendues plusieurs cages à oiseaux dont les Vietnamiens raffolent. Ceux-là se gonflent en boule et sifflent avec un bruit d'asthmatique en dardant leur langue par leur petit bec pointu. J'appelle Jesse pour qu'elle en profite.

Saïgon m'a semblé d'emblée plus familière que Hanoï. Je trouve les gens d'ici plus décontractés que ceux de la capitale. Ici aussi ils se retournent sur nous ; dans la rue, des passants nous suivent parfois sur plusieurs mètres pour mieux nous observer. Ainsi nous avons passé un après-midi avec un enfant orphelin qui gagne sa vie en ramassant des papiers. Il avait des manières incroyablement courtoises. Il nous a offert en nous quittant un petit livre de chansons vietnamiennes au sirop qu'il nous a dédicacé.

Dans les quartiers touristiques il y a des boutiques pleines de jolies choses dans l'air du temps. On trouve souvent les mêmes dix fois moins chères au marché selon les prédictions de ma mère avisée. Je me suis acheté une paire de mules en bois peint à motifs de poissons dorés. La vendeuse m'a apporté un choix de lanières pour tenir le pied: Lia l'amoureuse a choisi celles qui en jetaient le plus, à mille paillettes bleu fluo. L'experte dame les a fixées dessus dare-dare à l'aide de son marteau et de ses clous.

Nous avons trouvé un hôtel rue Nguyen Dinh Chieu, loin du coin à touristes. Le patron ressemble à Raimu, un acteur marseillais de l'époque de Fernandel. Sa femme, dodue, les cheveux noirs crantés, pourrait être aussi bien une actrice des mêmes années trente. Tous les matins, elle arrange des bouquets, prenant les fleurs une à une dans la pièce ouverte sur une venelle où nous petit-déjeunons. Je les ai photographiés tous les deux en prétextant être intéressée par le bouquet. Cette photo t'est destinée, papa. Elle te redonnera le goût du cinéma de la vie.

Chapitre 37

Nos deux chambres donnent sur une terrasse fleurie au dernier étage de l'immeuble, avec vue sur les toits et les gens qui vaquent dans les immeubles voisins. Nous revenons à peine de notre grand tour à Cholon, le quartier chinois. Jesse et moi déballons nos achats lorsque Ralf frappe à notre porte-fenêtre.

– Margaux, tu peux venir, s'il te plaît?

Il m'entraîne sur la terrasse, m'invite à m'asseoir à l'épaisse table de béton en face de lui. La porte vitrée coulissante de leur chambre est voilée d'un rideau à fleurs. Ralf enlève des miettes d'un revers de bras, se racle la gorge. Je ne lui ai jamais vu cet air embarrassé.

– Écoute, je ne sais pas comment tu vas le prendre. Peut-être que tu ne seras pas intéressée par ces vieilles histoires…

Il cherche ses mots. En un éclair j'ai le pressentiment que ce qu'il va me dire a un rapport avec la discussion que j'ai surprise à Cat Ba entre Aline et lui. Je m'écrie:

– Si, elles m'intéressent!

Ralf regarde ses mains qu'il frotte l'une contre l'autre. Il se lance:

– C'est difficile de savoir par où commencer. Je vais te raconter un récit plein de trous. Je t'en supplie, ne me pose pas de questions tout de suite.

– OK.

– L'histoire se passe en 1930, à Saïgon. À cette époque le Vietnam fait partie de la colonie d'Indochine, comme tu sais. Il y a un couple de Français, un colonel et sa femme, Hermine : elle la trentaine, lui dix ans de plus. Elle est enceinte de son troisième enfant. Elle accouche d'un garçon. Le colonel meurt d'une crise cardiaque l'année suivante ; Hermine rentre en France avec ses trois enfants. Et voici ce qu'on entend dans la famille : le petit dernier a les yeux bridés, parce qu'il a eu une nourrice vietnamienne. En grandissant, ça s'estompe et on n'en parle plus.

Ralf lève les yeux. Il me demande :

– Qu'est-ce que tu en penses ?

J'avale ma salive. Je ne comprends pas où il veut en venir. Je ne sais qu'une chose, c'est que cette histoire a un rapport avec moi.

– Je ne sais pas ! Qu'est-ce que je devrais penser ?

Ralf détourne les yeux. Silence. Il reprend :

– Écoute, quand j'avais l'âge de Jesse, un médecin originaire de ma ville a hérité du cabinet de son père. Il est revenu des Antilles avec sa femme et ses deux enfants. Le fils avait les cheveux frisés et le teint très mat. Et tu sais ce qu'on racontait ? Que le petit avait vécu au soleil, et que pour cette raison il était différent de ses parents, tous deux blonds, à peau claire. Sur le moment, cela m'a paru tout à fait normal et j'ai oublié cette histoire. Jusqu'à ce qu'on me raconte celle du petit garçon aux yeux bridés...

Je lui souris :

– OK, j'ai compris. Les deux garçons avaient un père de là-bas, c'est ça ?

Ralf retrouve son ton mi-kumquat mi-gingembre :

– La jeunesse comprend vite de nos jours !

Il se penche vers moi :

– Le petit garçon aux yeux bridés, tu l'as connu. Tu ne devines pas qui c'est ?

– Pas mon grand-père, quand même ?

Poser la question c'est entrevoir la réponse. Je remonte à travers ma mémoire en apnée, poursuivant les images qui me restent du père de mon père. Allongé dans son fauteuil de jardin, immobile à contempler droit devant lui. À table, écoutant sans sourire la conversation de mon père. Lavant une salade dans sa cuisine, avec ce tic qui me revient tout à coup : il soupirait à petits coups en gonflant les joues. J'essaie de zoomer sur ses yeux. Je me souviens d'une prunelle sombre, mais surtout du rebord trop rouge qui m'effarouchait. Je n'ai aucun souvenir qu'il se soit jamais adressé à moi. Son visage s'éloigne aussi vite qu'un de ces poissons de Nha Trang dans le fond marin tandis que je remonte à la surface.

J'interroge Ralf : qui était le père de mon grand-père, est-ce qu'il a su qu'il avait un fils ? Mon grand-père a-t-il su qu'il était le fils d'un Vietnamien, est-ce que mon père l'a découvert depuis longtemps, et qui le lui a dit ? Ralf croise les bras sur la table :

– Je vais te dire tout ce que je sais. Quand ton

grand-père est mort il y a quelques années, il n'avait jamais parlé à ses enfants de quoi que ce soit. Ton père a hérité du secrétaire que tu dois connaître, un des meubles rapportés d'Indochine par ses grands-parents. Un soir du mois de janvier dernier, il l'a vidé pour le réorganiser et il s'est aperçu, en passant le chiffon, que le tiroir du milieu était court par rapport à la profondeur du meuble. Dans un double-fond, il a trouvé différents papiers, dont le portrait à la plume d'un homme asiatique, signé de l'initiale H, et des lettres provenant d'Indochine qui se terminaient toutes par le dessin d'un dragon… Le tout ne laissait aucun doute sur le fait que ton grand-père était le fils du mystérieux dragon. Gilles en a parlé à ses frères et à sa sœur. Tes oncles ont estimé qu'il valait mieux éviter de remuer ce genre de chose. Seule Marie avait envie d'en savoir plus.

Je me lève d'un bond:

– Pourquoi il ne m'a rien dit, à moi?

– J'en suis en partie responsable, dit Ralf. Je lui ai conseillé de ne pas le faire tout de suite.

Je saute sur mes pieds et ça sort tout cru:

– De quoi je me mêle?

Ralf lève les deux mains d'un geste apaisant:

– En plus de la séparation, ça m'avait l'air bien prise de tête pour une gamine. Ton père était très exalté avec cette histoire…

Ralf et la peur des grands sentiments. Je me mords la joue jusqu'au sang:

– Tu as l'air de dire que sa découverte l'a rendu malade?

Ralf garde le silence, les yeux dans le vague, puis :

– Sincèrement, je n'en sais rien. Est-ce que tu n'aurais pas un choc d'apprendre que ton propre père n'a jamais rien su de ses origines, ou qu'il les connaissait au contraire, mais qu'il a emporté son secret dans la tombe ? Quoi qu'il en soit, on a beaucoup parlé de cela ensemble. Aline et moi avions projeté ce voyage en Asie avant même cette histoire. Gilles a admis qu'il fallait chercher plus d'infos avant de nous accompagner avec toi là-bas. Il avait prévu de t'annoncer la nouvelle ici. Il se voyait faire une sorte de pèlerinage avec toi. Vous auriez cherché ensemble les descendants de son vrai grand-père, ton arrière-grand-père... L'énergie de chercher l'a quitté avec la dépression.

Ralf se lève à son tour, s'adosse à la rambarde qui donne sur la rue, et ajoute :

– Ce n'est que partie remise, Margaux. Vous le ferez un jour, ce voyage.

Je rejette une mèche en arrière sans douceur :

– Alors pourquoi tu me parles de cela maintenant ?

Ralf s'essuie la sueur sur le visage, reprend d'une voix plus basse :

– Je viens d'avoir ta tante au téléphone. Depuis que ton père est malade, je suis en contact avec Marie. Elle a pris le relais des recherches. Elle a d'abord été aiguillée sur une fausse piste pour une histoire d'orthographe, mais elle a fini par retrouver un des petits-fils, qui a confirmé ses informations. J'ai l'adresse de ce monsieur Nguyen à Saïgon. Cela veut dire que tu as la possibilité de l'appeler maintenant... ou bien tu peux laisser à ton père le soin de le faire un jour. C'est à toi de décider.

Chapitre 38

Je retourne entre mes doigts le papier avec le nom : Nguyen Duc Thuy, et le numéro de téléphone. Je suis seule dans ma chambre, assise sur le lit à côté du combiné. Quand je suis rentrée de la terrasse tout à l'heure, Jesse s'est retenue de m'interroger. Je n'ai pas gardé le gros paquet pour moi, je lui ai raconté ce qui se passait. La première chose qu'elle a dite, c'est :

– Tu te rappelles, je l'avais presque deviné !

Elle trouve que j'ai de la chance. Elle m'a posé deux ou trois questions et m'a demandé ce que j'en pensais.

– Tu réagirais comment à ma place ?

– Je ne peux pas savoir, a-t-elle dit posément. Mais je sais ce que tu vas faire, toi.

– Ah ????

Elle a mis un doigt sur sa bouche et elle est sortie de la chambre. Au moment de refermer la porte, elle a passé la tête :

– Quand tu mettras mon bandana à la rambarde dehors, c'est que je pourrais revenir.

Cette gosse est surprenante. Pendant tout ce temps elle n'a pas employé le mot super une seule fois. Je respire à fond. Après tout, il ne sera peut-être même pas là. Je compose le numéro.

– Allô ?

C'est une voix féminine. C'est idiot, cela me désarçonne complètement. Je bégaie :

– Vous parlez français ?

– *Wait please*, me répond la douce voix.

Bruit du combiné qu'on pose. Sifflements d'oiseaux proches, grésillement non identifié, bousculade d'enfants rieurs au fond d'une pièce inconnue.

– Allô, qui est à l'appareil ? reprend une voix masculine, sans chaleur.

Mon cœur bondit au fond de ma gorge. J'entends sortir une voix méconnaissable :

– Excusez-moi de vous déranger, je crois que ma tante vous a appelé…

– Votre tante ? demande la voix d'un ton bougon, prête à me dire que je me trompe de numéro.

– Marie Colombe. Je suis…

Je ne vais quand même pas dire je suis l'arrière-petite-fille de votre grand-père. Le type au bout du fil s'adoucit, ô miracle :

– Ah, vous êtes la jeune nièce. Oui, je suis au courant. Où logez-vous ?

Je lui donne le nom de l'hôtel, l'adresse. Il réplique qu'il passera me voir demain soir, à la réception, et il raccroche. Je repose le combiné, pétrifiée. Je ne représente qu'une ennuyeuse corvée dans la vie affairée de mon demi-oncle. Je tressaille à la sonnerie du téléphone.

– Allô, mademoiselle Colombe ? demande la même voix. Ma femme voudrait vous inviter demain à dîner, est-ce que c'est possible pour vous ? Nous habitons en banlieue, mais il est facile de prendre un taxi. L'adresse est 9, rue Thong Nhat, dans le quartier de Thu Duc.

« Gros plan sur la bouche de Lia qui répète lentement l'adresse : le spectateur devine qu'elle est en train de la noter. Les lèvres tremblent en articulant les mots : "Oui, je viendrai, merci." Voix off : "Nous vous attendons à 17 h 30." Clic !

Zoom arrière sur Lia qui s'allonge sur le lit. Caméra subjective sur le rideau à fleurs roses. Fondu enchaîné sur les hibiscus d'un jardin ensoleillé. Plan large. Lia est en compagnie d'une femme plus grande qu'elle, vêtue à l'occidentale d'un pantalon bleu et d'un T-shirt orange vif. Elles lorgnent toutes les deux un homme qui travaille à une sculpture à travers la verrière d'un atelier au fond du jardin. Gros plan sur le visage détendu de Lia. Une main brune lui glisse une fleur derrière l'oreille. Le plan s'élargit. On découvre Lia vêtue d'un *ao dai* à somptueux chrysanthèmes rouges au cœur jaune, assise à une table chargée de bols et de plats divers. Elle dîne avec la femme, l'homme qui sculptait au fond du jardin et deux enfants d'environ onze et quatorze ans : un garçon et une fille. L'homme a la quarantaine, le visage barré d'une mèche noire. La caméra saute d'un visage à l'autre, d'un objet à l'autre, surprend un geste dérobé. La fille chuchote à l'oreille du garçon qui pouffe de rire, la femme enlève délicatement une arête de sa bouche à l'aide de ses baguettes, l'homme rejette sa mèche en arrière d'un geste séduisant. Le poisson gît dans son plat, de plus en plus défait. Écarlate des sauces, vert des herbes, bleu turquoise de la vaisselle, brun-rouge des baguettes. Pendant tout ce temps la bande-son est celle d'un moteur, du bruit du vent, et d'une chanson chantée en vietnamien par une voix masculine. La séquence du dîner est interrompue par des plans courts sur un paysage de campagne qui défile, en caméra subjective, derrière la nuque d'un jeune homme à moto. Retour au dîner.

Gros plan sur le visage de Lia, zoom sur les lèvres qui tremblent. L'homme se lève. Il invite Lia à le suivre dans le salon voisin. Dans un coin de la pièce, les photos des ancêtres de la famille sont accrochées dans leur cadre de bois ; ceux dont la mort est la plus ancienne sont placés tout en haut. Le meuble disposé dessous porte un compotier rempli de fruits, des bougeoirs en porcelaine, un bol planté d'encens. Zoom sur les portraits en noir et blanc d'une vieille dame souriante et d'un vieux monsieur à lunettes que Nguyen Duc Thuy, son demi-oncle, désigne à Lia. On devine qu'il s'agit de Nguyen Duc Long, leur aïeul, et de sa femme vietnamienne.

Oncle Thuy sort plusieurs baguettes d'encens. Il les allume, les place entre ses mains jointes, les élève à hauteur de son front baissé et salue plusieurs fois en direction des portraits. Il remet les baguettes à Lia pour qu'elle fasse de même. Elle dispose ensuite les baguettes dans le sable du bol. Caméra subjective sur le portrait de grand-père Long : l'image un peu floue d'un visage à lunettes, les cheveux lisses, séparés d'une raie. La fumée de l'encens traverse le portrait. Noir. »

Chapitre 39

Demain nous repartons pour Bangkok, dans une semaine nous serons à Paris. Je ne peux pas attendre de parler à mon père, à Marie, à ma mère, à Mamouchka ! Je suis nostalgique de partir ! Je quitte le pays qui coule dans mes veines avant d'avoir eu le temps de le connaître. Je regarde les fromagers au tronc infini – et creux, paraît-il – qui bordent les avenues et je me demande s'ils ont vu Hermine, qui vivait ici en 1930. Est-ce qu'elle entendait le son cristallin de la glace que l'on casse à coups de marteau au coin des rues ? Est-ce que le goût des graines de lotus confites lui rappelait celui du marron glacé ? Est-ce qu'elle aimait le bruit guttural du gecko ? Est-ce que mon arrière-grand-père Long lui envoyait ses lettres de la poste au plafond voûté, belle et spacieuse comme une gare, en face de Notre-Dame de Saïgon, la cathédrale rose ? Hermine et Long, Hermine et le dragon…

Nous nous promenons au gré des rues. Sur un morceau de trottoir plus large, un cercle de garçons rieurs jouent au dakao. Ils envoient et rattrapent un volant monté sur ressort qui rebondit dans toutes les directions. Les plus doués le rattrapent avec toutes les parties du corps, spécialement l'intérieur de la jambe et du pied. L'un des garçons ramasse le projectile tombé près de nous et nous invite à jouer.

On se retrouve tous les quatre dans le cercle. Aline se fait applaudir après un échange particulièrement réussi avec l'un des garçons. C'est son bon côté de prof de gym. Nous quittons notre club de dakao avec force «*bye bye*».

Une trentaine de rues, un déjeuner, une demi-douzaine d'achats et deux jardins plus tard, nous revenons à l'hôtel, les pieds en marmelade pour nous reposer avant de ressortir dîner. Dans l'interminable rue Nguyen Dinh Chieu, nous entendons résonner des instruments de métal et de percussion au rythme lent.

Des croque-morts sont en train de charger un massif cercueil de bois sombre sur un char bouddhiste très décoré. Une trentaine de personnes forment le cortège entre deux longs rubans blancs tenus par ceux qui viennent en dernier et dont les extrémités sont fixées au char. On reconnaît les proches du défunt, qui marchent en premier, à leurs vêtements blancs, la couleur du deuil en Asie. Un long foulard blanc est noué sur leur front. Parmi eux, une vieille femme soutenue par deux autres. Une jeune fille se prosterne en pleurant jusqu'au sol au moment où le convoi s'ébranle sous nos yeux.

Avant que j'aie réalisé ce qui m'arrive, une houle de chagrin monte des profondeurs et éclate en un gros sanglot. Je me transforme en fontaine hoquetante. J'écrase mes larmes sur mes joues de mes deux paumes. Dans le cortège qui continue à défiler, un groupe de vieux messieurs bavardent, l'air d'excellente humeur. Aux fenêtres des immeubles en face, des curieux sont accoudés. Les scooters et les vélos passent en sens inverse, tournant à peine la tête.

Devant moi, Ralf et Aline continuent leur chemin sans s'apercevoir de rien. Je reste traversée par ma peine, saule pleureur enraciné dans le trottoir. Toute la tristesse de ma vie depuis ma venue au monde a choisi ce moment pour s'écouler.

Une main se glisse dans la mienne, se retire en y laissant un paquet de Kleenex. Jesse est juste derrière moi. Elle était là depuis le début. Je déplie entièrement l'un des mouchoirs et m'en couvre le visage. Les larmes ont roulé le long du menton jusqu'à la gorge. Je tamponne, je me mouche. Je me penche vers Jesse :

– Merci sœurette.

Je lui prends le bras et nous reprenons la route vers la douche fraîche qui nous délassera. Il me vient une pensée saugrenue : Long signifie dragon, le Vietnam est dragon, son élément est l'eau. L'humidité qui sature l'air d'ici rend ma peau plus douce qu'elle ne l'a jamais été. Ici j'ai découvert ce que veut dire « dégouliner de sueur ». Et maintenant je viens de fondre en eau pire que mon père le jour où nous sommes allés voir *Tout sur ma mère* d'Almodovar. Je me fonds dans le Vietnam.

Je presse le bras de Jesse, moite sous le mien. Elle demande :

– Tu te sens mieux ?

– Lessivée mais ça va très bien, répliqué-je. Prem's à la salle de bains.

– Tant que tu veux; dans dix minutes il y a le documentaire sur la cinq!

Le bon côté de la première de la classe.

Le soir, pour finir en beauté, nous allons au cinéma du centre culturel français de Hô Chi Minh-Ville. La place est à six mille dôngs. On joue un vieux Truffaut des années soixante où Jean-Pierre Léaud, l'acteur fétiche de mon père, erre en noir et blanc dans les rues froides de Paris. Bizarre effet de retrouver la couleur et le climat tropical à la sortie!

Je range soigneusement le ticket du centre culturel français. Il fait partie du jeu de piste que mon père découvrira dans quelques jours:

«*Extérieur jour*: Gilles Colombe se frotte les yeux dans son lit. Bande-son: une musique asiatique – la cassette du spectacle de marionnettes de Hanoï. Gilles se lève en fronçant les sourcils, va à la porte de sa chambre, l'ouvre et regarde dans le couloir.

Mouvement circulaire de la caméra subjective lequel finit sur le sol. Zoom sur le magnétophone couché derrière la porte, responsable de la musique qui a réveillé Gilles. Le regard-caméra découvre sur le parquet les couteaux affûtés, achetés au marché de Huê, dont les lames forment autant de flèches. Les pieds nus suivent la direction indiquée: sous eux le parquet devient tapis. Plan large sur le salon où les couteaux ont mené Gilles. À la fenêtre sont étalés, tels des papillons, les éventails de Nha Trang en papier de riz violet, brodés de petits trous de lumière. Un chapeau conique coiffe une lampe allumée. Par terre des billets de cent dollars "Banque de l'enfer", un ticket de cinéma, un poisson-percussion en bois et pour finir deux mules à motifs de poissons dorés l'une derrière l'autre conduisent les pieds nus sur le carrelage de la cuisine.

Là, environnée d'encens, dans la main gauche un fruit rose vif et dans la main droite un bol plein de graines de lotus, assise dans la position du même nom, les paupières frémissantes sous ses yeux fermés, Gilles Colombe découvre sa fille, incarnation de la féminité dans son *ao dai* aux couleurs du Vietnam. »

Table des matières

Du même auteur à *l'école des loisirs*

Dans la collection NEUF

Diablesse
Ouled Roumia ou comment se faire des amis
L'histoire impossible à peindre
L'histoire impossible à sécher
L'histoire impossible